우리는 얼굴을
찾고 있어

우리는 얼굴을 찾고 있어

ⓒ김혜진, 2023

초판 1쇄 발행 2023년 10월 16일
초판 2쇄 발행 2024년 5월 30일
지은이 김혜진
펴낸이 김혜선 **펴낸곳** 서유재 **등록** 제2015-000217호
주소 (우)04034 서울 마포구 잔다리로7길 18(서교동 377-20) 504호
전화 070-5135-1866 **팩스** 0505-116-1866 **대표메일** seoyujaebooks@gmail.com
종이 엔페이퍼 **인쇄** 성광인쇄

ISBN 979-11-89034-74-0 43810

바일간 018

우리는 얼굴을 찾고 있어

김혜진 장편소설

서유재

차례

반성문

1학년 1반 이해솔

다 제 잘못입니다. 학교를 빠지고 경주에 가자고 한 건 저입니다. 지태희와 서루아에게는 책임이 없습니다.

반성문

1학년 3반 서루아

솔직히, 이게 되게 큰 잘못은 아니라고 생각한다. 학교를 무단결석한 건 잘못이지만 어차피 학기도 다 끝났고 곧 방학이다. 애니메이션이나 보고 핸드폰이나 할 건데 하루 빠진 게 그렇게 잘못한 일인가 싶다.

그리고 우리가 뭐 어디 이상한 데 가거나 일탈행위를 한 것도 아니다. 차라리 칭찬받을 만하다고 생각한다. 경주에, 살아 있는 역사의 고장에 가서, 그 힘든 남산 등반까지 했단 말이다. 자그마치 6시간이 걸렸다.

남산에서 석불을 엄청 많이 봤다. 나는 이제 마애불이 뭔지도 안다. 바위에 새기면 마애불이다.

그리고 김알지가 알에서 나온 게 아니라는 것도 알게 되었다. 김알지는 황금 상자에서 나왔다. 알에서 나온 것은 박혁거세다.

앞으론 한국사 공부를 더 열심히 할 수 있을 것 같다.

그러니 용서해 주세요.

고맙습니다.

반성문

1학년 4반 지태희

반성할 것이 없으므로 반성문은 쓰지 않겠습니다.

반성문(2차)

1학년 3반 서루아

반성문을 쓰지 않겠다고 한 건 지태희인데 왜 우리까지 또 써야 하는지 모르겠네요. 안 그래도 저는 유치원 때부터 지태희와 얽혀서, 지태희가 혼날 때 같이 혼난 적이 많거든요.

(공정해지자면, 지태희도 저 때문에 혼난 적이 많긴 합니다.)

그리고 이해솔이 다 자기 잘못이라고 한 거는 개소리니까 무시하시면 좋겠습니다.

어쨌거나, 진짜 반성하고 있습니다. 부모님과 선생님께 말하고 갔어야 했습니다. (그치만 말했으면 보내 줬을지 의문입니다.)

양을 늘려야 하니깐 반성문 삼행시를 해 볼게요.

반 반찬을 골고루 잘 먹는 것은

성 성장기 아이들에게 중요합니다.

문 문제없지요!

반성문(2차)

1학년 4반 지태희

반성문(2차)

1학년 1반 이해솔

육하원칙에 따라 작성합니다.

12월 19일 금요일에 저와 지태희, 서루아는 고속버스를 타고 경주에 갔습니다.

왜냐하면, '얼굴'을 찾고 싶었기 때문입니다.

우리가 찾는 얼굴이 경주에 있었습니다.

무슨 얼굴인지 설명하려면 한참을 거슬러 올라가야 하는데요…….

박물관과 '마지막 신라인'에 대해서부터 써야 합니다.

……긴 이야기가 될 것 같습니다.

1

나는 박물관으로 도망쳤다.

박물관엔 뭐 하러 왔느냐고 누군가 묻는다면 수행평가 핑계를 댈 생각이었다.

빗살무늬 토기와 민무늬 토기를 비교하러 왔는데요, 반가사유상 사진을 찍어 가야 해서요.

그러나 박물관의 그 누구도 내게 관심이 없었다. 다들 전시된 유물을 보느라 바빴고, 나는 박물관 관람객 'NPC'에 불과했다. 그걸 깨닫자 어깨에서 힘이 빠졌다.

앞뒤를 재어 고른 것은 아니었지만 결과적으로는 좋은 선택이었다. 박물관은 따뜻했고, 개미굴처럼 이어진 전시실 곳곳엔 숨을 데가 많았다. 지하철에서 내려 긴 지하통로를 지나, 물들기 시작한 나무들 사이로 걸어 올라 박물관 입구에 들어서면 깨진 유리 조각처럼 날 서 있던 경계심이 뭉뚝해졌다.

일요일 점심 무렵부터 폐관 시간인 6시까지 나는 박물관에 머물렀다. 멍하니 있는 것과 사색에 잠긴 건 겉으로 보기엔 별 차이가 없었다. 그래도 한자리에 너무 오래 머물지는 않았다. 돌아다니며 뭔가를 보는 척했다. 그러다 보면 정말 보게 되기도 했다.

맘에 드는 유물들도 생겼다. 반가사유상이나 달항아리처럼 주목받는 것들 말고, 너무 거창하지 않은 것들이 좋았다. 구석기 주먹도끼와 흠집 난 조선시대 나무 다듬이판. 시간의 흐름을 버텨 내서 박물관에 들어온 것들. 애쓰지 않고도 존재 가치를 증명한 것들을 오래 보았다.

그럭저럭 평온한 날들이었다.

박물관 1층 경천사 십층석탑 앞에서 두 사람을 발견하기 전까지는 그랬다.

뭐야?

나도 모르게 고려실 안으로 숨었다. 심장이 덜컹거렸다.

잘못 봤나. 아니다, 맞다. 분명 아는 얼굴이었다. 그쪽은 나를 봤을까? 못 봤겠지? 나는 전시실 안의 통로를 이용해 조선실을 지나, 대한제국실까지 쭉 걸어가서, 계단을 올라갔다. 아예 3층까지 올라가 메소포타미아실에 들어간 다음에야 숨을 돌렸다.

여기에서 학교의 누군가를 마주치게 되리라고는 전혀 예상 못 했다.

그것도 서루아와 지태희?

상상 못 한 조합이었다. 엉뚱한 장르 두 개를 이어 붙인 것처럼 어울리지 않는 그림체의 두 사람. 아니, 그림체가 문제가 아니라, 저 둘이 원래 친했었나?

……어쨌든 나와는 상관없는 일이다.

나는 쐐기문자가 새겨진 점토판을 바라보며 평소의 기분을 되찾으려 했다. 박물관에 들어올 때마다 느끼는 편안함과

안정감이 돌아오기를 바랐다. 그러나 방금 본 둘의 모습이 까슬까슬하게 눈가를 긁어 댔다.

차라리 말을 걸었어야 했나. 말을 걸고, 인사하고, 잘 보고 가라고 마무리 지어 두는 게 나을지 몰랐다. 언제 어디서 마주칠지 몰라 신경을 곤두세운 채로 남은 시간을 보내긴 싫었다. 더 싫은 건, 마주치리라 기대하게 될지도 모른다는 거였다.

망했다.

나는 자포자기하는 심정으로 1층으로 내려갔다. 두 사람은 여전히 석탑 앞에 있었다.

"어!"

서루아가 나를 발견했다.

"이해솔! 여긴 웬일?"

모르는 사람이 봤으면 절친을 만난 줄 알겠지만, 서루아는 학교의 모두와 저렇게 반갑게 인사하는 애였다.

지태희는 놀란 얼굴로 안녕, 중얼거렸다. 지태희와는 중3 때 같은 반이었지만 전혀 친하지 않았다. 고등학교 와서는 처음 말해 보는 것 같았다.

"어, 안녕. 너흰 웬일이야?"

질문을 해 놓고 대답을 준비했다. 나는 왜 여기 있냐면……. 뭐라고 하지? 수행평가 핑계가 같은 학교 애들에게 통할 리 없다.

다행히도 서루아가 먼저 대답했다.

"우린 얼굴을 찾고 있어."

얼굴을, 박물관에서? 사람 찾는다는 말을 돌려서 하는 건가? 이해가 안 됐다.

"나 말고, 얘가 찾는 거야."

서루아는 지태희를 가리켰다. 지태희는 대번에 피곤한 얼굴이 되었지만 아니라고는 하지 않았다.

서루아라면 얼굴을 찾든 발가락을 찾든 그러려니 할 것이다. 또 엉뚱한 일을 벌이는구나 하고 넘어가겠지. 그런데 지태희가? 언제나 선을 따라 단정하고 올곧게 걸을 것 같은 지태희가?

"원래는 경주 가야 하는 건데!"

서루아의 말에 지태희의 얼굴이 확연하게 굳었다.

들으면 안 되는 얘기였나. 들려주고 싶지 않은 얘길 듣는 건 나도 싫었다.

"그럼, 나는 이만."

못 들은 척 인사하고 뒤로 빠지려는데 서루아가 덧붙였다.

"신라 불상 보러 온 건데, 많을 줄 알았는데 별로 없네."

신라 불상? 나는 나도 모르게 입을 열었다.

"위에 불교관이 따로 있을걸? 2층에는 불교 그림이 있고 3층에 불상이 있던데."

2층에 불교회화실, 3층에는 불교조각실. 박물관을 돌아다니다 보니 저절로 머리에 입력된 정보였다. 괜히 아는 척했나 싶었는데 서루아는 내가 비밀 정보를 제공하기라도 한 것처럼 감탄했다.

"이해솔, 너 짱이다! 가 보자!"

서루아가 앞서 에스컬레이터 쪽으로 뛰어갔다. 지태희는 짧게 한숨을 쉬곤 내게 말했다.

"알려 줘서 고마워."

"아니, 뭐……."

그럼 이대로 끝인가? 알 수 없는 아쉬움에 머뭇거리는데, 지태희가 먼저 물었다.

"같이 갈래?"

서루아는 불교조각실 앞에서 나와 지태희를 기다리고 있었다.

"야, 여기 불상 많다!"

서루아는 큰 소리로 말했다가 관람객들의 따가운 시선을 받고는 연신 고개를 숙였다. 당황스러우면서도 웃겼다. 서루아는 박물관에서도 학교와 똑같았다. 요란하고, 빠르고, 선명했다.

서루아가 2미터는 넘을 듯한 큰 불상을 가리켰다.

"눈이 너무 길다. 이런 얼굴이 실제로 있나? 봐, 고려 철불이래. 11세기. 신라가 아니네."

바로 옆의 불상이 신라 것일 텐데, 생각하자마자 서루아가 옆으로 옮겨 갔다.

"이건 통일신라! 지태희, 통일신라도 치는 거 맞지?"

"경주에 있었던 거면, 일단은."

지태희가 대답했고 서루아는 빠르게 설명을 읽어 내렸다.

"이거 둘은 경주 감산사에 있던 거래. 오, 이 옆에는 경주 남산! 약사불! 근데 약사불이 뭐야?"

서루아가 핸드폰을 꺼내 검색을 했다. 검색하는 동작까지도 야단스러웠다. 그 옆에서 지태희는 차분하게 불상을 올려다보았다. 돌을 깎아 만든 불상은 꽤 컸다. 눈두덩이가 호빵처럼 부풀어 올라 귀엽기도 했고 으스스하기도 했다.

"이쪽에도 얼굴 있다! 와 봐!"

서루아는 앞서 전시실을 누비며 신라 불상을 찾아냈다. 얼결에 따라가서 머리만 덩그러니 놓인 석조 불상들과 한 뼘짜리 작은 금속 불상들을 보았다. 손톱만 한 작은 얼굴에 붙은 이목구비가 새삼 눈에 들어왔다.

"알겠어?"

서루아가 지태희에게 물었다. 지태희는 대답하지 않고 눈썹만 살짝 올렸다.

도대체 왜 신라의, 경주의, 불상의 얼굴을 보려 할까? 나는 궁금함을 끝까지 누르지는 못했다.

"어떤 얼굴을 찾는데?"

"아, 말 안 했던가?"

서루아가 밝게 되물었다. 지태희는 한숨을 내쉬었다.

전시관 바깥 의자에 앉아 서루아의 이야기를 들었다. '얼굴'을 찾아낸 사람의 이야기였다.

"저기 북쪽에, 함경도인가, 거기 살았던 사람인데 그거 있잖아, 토우, 흙으로 인형 빚는 거, 그걸 하고 싶어 했대. 그래서 일본에 유명한 인형 만드는 데 가서 배웠고. 아, 일제시대 때야. 아직 독립 안 했을 때. 근데 우리나라에 돌아와서 누굴 만났는데…… 박물관 관장? 어쨌든 좀 유명한 사람이야. 그 사람이 말하는 게, 왜 일본에서 배웠냐고, 우리나라 인형을 만들려면 우리의 얼굴을 찾아서 그걸 보고 배워야지 그랬다는 거지. 와, 몇 년을 배우고 왔는데 그런 말 들으면 얼마나 그랬겠냐. 그래도 그걸 참고! 그럼 어디서 우리의 얼굴을 찾을 수 있을까 하곤 여기저기 돌아다니다가 경주에 가서! 신라 사람들이 남긴 불상을 보고, 이게 우리의 얼굴이구나 하고 깨달았다는 거지. 자세한 건 지태희에게 물어봐. 친척이래. 자서전도 있어! 난 읽다 말았지만."

서루아는 그 책을 읽어 보고 싶으면 지태희에게서 빌리면 된다고 했다. 본인 책도 아닌데 당당했다. 진짜 친하구나 싶었다.

"그래서 박물관에 온 거야. 신라 불상이 어떻기에 그렇게 생각했나 궁금해서. 아, 나 말고, 얘가 보고 싶어 해서."

서루아가 지태희를 가리켰다. 지태희가 불퉁한 목소리로 말했다.

"박물관엔 네가 오자고 했잖아."

서루아는 장난스레 입술을 삐죽이며 어깨를 올렸다.

"사진 봐도 모르겠다며? 직접 봐야 알 것 같다며? 근데 여기엔 신라 불상이 많진 않다. 작은 건 얼굴도 잘 안 보이고. 역시 경주에 가야 한다니까."

"비현실적인 소리 좀 그만해."

지태희는 눈을 찡그렸다. 지태희는 무표정한 게 어울리는 애였다. 저렇게 대놓고 싫은 티를 내는 건 처음 봤다. 뭔가 신선했다. 인형이 살아 움직이는 걸 보는 느낌이었다.

지태희가 일어났다. 나는 두 사람과 함께 복도를 따라 걸었다.

용건이 끝났으니 얘네는 이제 가겠지? 나는 아직 여기 머물러야 하고. 쓸쓸해져서, 황당했다.

둘을 만난 건 진짜 우연인데. 난 여기 도망 온 건데. 정신 차려. 입술 안쪽을 지그시 깨무는데, 서루아가 옆을 가리켰다.

"와, 청자실이래. 고려청자 그런 거 있나? 한번 볼까?"

서루아는 청자실로 들어가 버리고 나와 지태희만 남았다. 지태희는 한숨을 쉬고 머리카락을 거칠게 쓸어 넘겼다. 짜증스러워하는 기색이 역력했다. 친한 게 아닌가? 어색함을 견디지 못하고 입을 열었다.

"저기 재밌어. 고려청자만 모아 둔 덴데. 아, 옆에는 백자랑 분청사기도 있고."

지태희가 날 봤다. 흐트러진 앞머리. 감정이 섞인 표정. 내가 아는 것과 다른 지태희가 말했다.

"박물관 잘 아나 보다."

"잘 아는 건 아닌데, 최근에 몇 번 와 봐서 아는 거야."

내 말에 지태희는 살짝 미간을 찌푸렸다. 박물관에 오는 게 뭐 어때서. 괜한 변명이 튀어나오려는데, 서루아가 입구에서 고개만 쏙 내밀고 외쳤다.

"뭐 해, 빨리 와!"

"야, 진짜, 박물관에서 소리 지르지 말라고……."

이를 악물고 중얼거리는 지태희와 함께 나는 청자실로 들어갔다.

"와, 이거 가지고 싶다. 토끼 좀 봐. 귀여워."

서루아가 유리 상자 속 연푸른빛 도자기를 보고 말했다. 국보인 청자 투각 칠보무늬 향로였다. 향로를 짊어진 세 마리 토끼가 귀를 쫑긋 세운 게 귀엽긴 했다. 그래도 12세기 고려 때 제작된 국보를 가지고 싶다니.

"어디다 두게?"

내가 말하자 서루아는 순순히 동의했다.

"어, 솔직히 둘 데 없어. 내 방 쓰레기통 같거든. 거기 가면 얘도 쓰레기 됨."

이 향로가 우리 집에 있다면…… 상상해 봤다. 전혀 국보처럼 보이지 않겠지. 먼지나 잔뜩 쌓이겠지.

"오, 얘는 쓸 만하겠다. 쟤는 너무 작네."

서루아는 박물관이 다이소라도 되는 것처럼 태평하게 품평을 해 댔다. 웃기고 신기했다. 서루아는 심지어 유물이 진짠지도 의심했다.

"요즘은 기술이 발달했으니까 이런 거 똑같이 만들 수 있을걸? 똑같이 만들어 놓고 바꿔치기 하면 누가 알아?"

서루아는 곧 주장의 증거를 발견했다. 전시품 중 하나가 진품이 아니라 모형이었다. 서루아가 의기양양하게 말했다.

"설명 안 읽었으면 진짜 줄 알고 지나갔겠지. 봐, 그 시절에 없었던 것도, 만들어서 박물관에 놔 두고 천사백 몇 년, 이렇게 해 두면 다들 믿을 거 아냐. 여기 있는 게 전부 그럴지도 몰라. 우리는 속고 있어!"

"헛소리."

지태희는 한심하다는 듯 대꾸했지만 나는 재밌었다. 서루아가 아무 말이나 하니까 나도 아무 말이나 했다. 서루아와 나는 분식집에 어울리는 백자 그릇과 콜라를 담아 마시면 좋을 잔을 고르고, 급식실 식기가 청자면 어떨지에 대해 토론했다. 지태희는 질린 얼굴로 따라오기만 했다. 그러니까, 먼저 가 버리지 않고 나와 서루아 곁에 있었다.

청자부터 분청사기와 백자까지, 3층 도자공예관을 다 보고 나자 폐관시간이 되었다.

"아, 다 못 봤다. 다음 주에 마저 볼까? 이해솔, 너 시간 돼?"

박물관을 나오며 서루아는 당연한 듯 약속을 잡았다.

"어? 어, 나는, 다음 주에도 올 거 같은데."

아마도가 아니라 90퍼센트 확실했다. 상황은 그리 쉽게 바뀌지 않을 테니까.

"그럼 또 만나자. 같이 보니까 재밌네. 네가 박물관 잘 아니까 좋다."

진심인가? 내가 뭘 잘 안다고? 이미 신라 불상은 다 봤는데도? 내 답은 듣지 않고 서루아는 춤추듯 계단을 뛰어 내려갔다. 서루아의 발끝에 채인 붉고 노란 잎들이 불꽃처럼 흩어졌다.

"쟨 금방 시들해 할 거야."

지태희가 불쑥 말했다.

"빨리 질려 해. 지금은 저러지만."

헷갈렸다. 정보를 주는 건가? 아니면 끌려다니지 말라고 경고하는 걸까? 박물관 밖의 지태희는 평소처럼 무표정했다.

지태희는 지하철을 타자마자 가방에서 영어 단어장을 꺼내 들었다. 서루아는 핸드폰을 했다. 가끔 나에게 한두 마디 던지기도 했다.

같은 지하철역에 내리고, 나란히 걷다 헤어지는 과정은 예상보다 덜 어색했다. 그게 좀 놀라웠다.

난 너 만나서 진짜 좋았는데. 진짜진짜 반가웠음. 되게
막막했거든.
지태희를 구슬려서 박물관까지 오긴 왔는데, 와, 걔는
진짜 바위 같아. 무겁고 딱딱하다고. 잘 굴러가지도 않아.
돌이 다른 걸로 변할 리도 없잖아. 도로 굴려서 돌아가는
수밖에 없나 싶었을 때 이해솔 네가 나타난 거야. 신라
불상이 어디 있는지 아는 네가.
약간 운명 같았달까?
네가 날 살렸다, 진짜.
학원 자습시간도 빼고 온 건데 빈손으로 돌아갔다간
지태희가 날 가만히 뒀겠냐. 아니지, 말이 반대다. 쟤는 날
가만히 뒀을 거야. 무시하고, 그럴 줄 알았다는 분위기를
팍팍 풍기며 돌아섰을 거라고. 그게, 쟤가 나에게 주는
벌이야.
그리고 나는 늘 그 벌을 받아들이지.

2

"이해, 진짜 농구 안 해?"

농구공을 쏘는 흉내를 내며 민서가 물었다. 우리 반 농구 멤버 중 하나였다. 고개를 젓자 쉽게 수긍하곤 돌아섰다. 안 한다고 한 지 두 달이 되어 가는데 여전히 와서 물어봐 주니 고맙고 또 미안했다.

"뭔데? 왜 요즘 농구 안 함? 진짜 점 봤?"

앞자리 정소원이 뒤돌아 앉았다. 기다렸다는 듯 그 옆자리의 김가현도 나를 보았다.

"요즘 무슨 일 있어?"

제일 친한 애들이었다. 우리 집에 와 본 적도 있고 엄마를 만난 적도 있다. 그렇지만 '무슨 일이 있는지'는 결코 설명할 수 없었다.

"그때 발목 다친 거 계속 아파?"

김가현이 물었다. 발목은 여름 방학 중에 다쳤다. 친구들에게는 집 앞 놀이터에서 혼자 농구 연습을 하다가 다쳤다고 말해 뒀었다. 발목이 시큰거릴 때마다 엄마와 아빠의 목소리가 기억났다. '당신 때문이야!' 험상궂게 일그러진 얼굴. 서로를 향한 시선. 나를 보지 않는, 얼굴들.

"어, 낫긴 했는데 가끔 아파."

"병원 갔?"

정소원이 말끝을 잘라내고 물었다. 김가현이 어이없어했다.

"야, 끝을 좀 내. 몇 글자 말하는 거 귀찮아서 어떻게 사냐?"

"아, 몰."

정소원은 장난스럽게 대답하고 내 지우개를 빌려 갔다. 김가현은 미심쩍은 듯 고개를 갸웃거리곤 돌아앉았다.

좋은 애들인데. 고마운데…… 마음이 불편해져서, 나는 복도로 나갔다. 비명과 웃음이 섞인 소음 속에서 낯익은 목소리가 들려왔다. 아이들과 함께 대걸레로 바닥을 밀고 있는 서루아의 뒷모습이 보였다. 물기 어린 복도는 홀로그램 색종이처럼 반짝였다. 아니, 진짜 반짝이였다. 누군가 가루를 엎은 모양이었다.

"선생님 알면 죽는다!"

서루아가 외쳤다.

우당탕 소리가 나고 웃음과 비명이 들리면, 그 자리엔 언제나 서루아가 있었다.

주변을 다 끌어들이는 작은 허리케인 같은 애. 같은 반이 된다면 두 가지 생각이 동시에 들 거다. 시끄럽겠구나. 그리고 안전하겠구나. 서루아가 있는 반에서는 갈등이 오래가질 못했다. 서루아는 눈치 보는 일 없이 예민한 선들을 다 밟아 버렸다.

아이들은 서루아의 즉흥적인 결정과 행동들을 그러려니 받아들였다. 서루아니까라는 말로 정당화되었다. 서루아를 싫어하고 씹는 아이들도 많았다. 그 애가 인기 있는 바로 그 이유가 곧 싫어할 이유가 되었다.

서루아를 보자 자연스레 그 자리에 없는 지태희가 떠올랐다. 그러고 보니 학교에서는 서루아와 지태희가 같이 있는 걸 본 적이 없었다. 그래서 박물관에서 둘을 봤을 때 더 희한하게 느껴졌던 거였다.

박물관에서 다시 만나자는 서루아의 제안은 진심이었을까. 그 순간엔 진심이었을지라도 서루아가 그 약속을 잊어버렸을 확률은 90퍼센트다. 지태희는 잊을 것 같진 않지만, 본인이 한 말이 아니니 아예 신경을 안 쓸지도 모른다. 아, 머릿속이 복잡했다.

올까. 안 올까.

조바심을 품고 일주일을 보냈다. 나는 신라 불상을 검색해 보았고, 가이드라도 된 것처럼 박물관의 동선을 점검했다. 서루아는 귀여운 걸 좋아하는 거 같았고. 지태희는? '얼굴'을 볼 수 있는 유물이 또 있던가? 서화실에서 인물화를 보자고 할까? 다른 나라 유물을 보는 것도 비교 대상으로서 도움이 되려나? 하도 얼굴 생각을 했더니 전기 콘센트 구멍이 눈으로 보이고 벽의 얼룩에서도 얼굴이 보였다. 토요일이 됐을 땐 속이 울렁거릴 지경이었다.

결국 나는 스스로를 가라앉힐 익숙한 방법을 썼다. 기대를 산산조각 내는 것. 꼼꼼하게 밟아 부스러기로 만드는 것.

서루아는 확실히 잊었을 것이다. 지태희는 기억하겠지만…… 신경이나 쓸까, 나 같은 애를. 자기와 아무 상관도 없는 애를.

엄마는 자주 말했다. 기대를 하지 않으면 실망하지 않아도 돼. 산타를 기다리는 여섯 살에게 하는 말치고는 지나치게 현실적인 조언이지만 도움은 되었다. 산타 선물이 뚝 끊긴 열 살에도 그랬고, 엄마가 떠나기로 한 전날 밤에도 그랬다. 자리에 누워 엄마가 계획을 취소할지도 모른다는 기대를 부수고 또 부쉈다. 잘 지내, 말하고 나가는 엄마를 보며 기대하지 않길 잘했다고 거듭 생각했다.

이번엔 그게 안 됐다. 아무리 누르고 부숴도 기대는 곰팡이처럼 번졌다. 기대를 따라잡으며 밟아 대던 나는 너무 지쳐서, 차라리 박물관에 안 가고 싶어졌다. 그 애들이 오든 말든 상관하지 않을 수 있는 유일한 방법이었다.

그러나 일요일, 나는 제시간에 일어나 아침 겸 점심을 먹고 긴 골목을 걸어 지하철을 탔다. 끌려가는 기분으로, 다 집어던지고 싶고 깨부수고 싶은 심정으로, 조용히 지하철 손잡이를 잡고 박물관까지 갔다.

그리고 오후 3시. 나와 지태희와 서루아는 박물관에서 다시 만났다.

나 기억했어. 진짜야. 너 전화번호도 알아 놨다고. 혹시 못 가게 되면 연락하려고 했어. 내가 아무리 정신없다고 한들 약속한 거 막 까먹고 그러진 않아.

음, 솔직히 자주 까먹기는 하는데, 이번엔 까먹었더라도 갔을 거야. 지태희가 먼저 가자고 했거든. 지태희가 2주 연속 일요일 자습을 빠지다니, 오늘이 세상 마지막 날인가 했다.

걔가 얼마나 빡센지 알아? 하기로 한 일을 안 한 적이 없어. 그래서 우리 엄마는 지태희가 하는 대로 나한테 시켜. 주말 내내 학원에 있어야 한다니, 말이 되냐고. 그런다 해서 지태희를 따라잡을 수 있는 것도 아닌데.

나는 뭐, 엄마 소원이면 들어주지 싶어서 학원 다녀. 황새 따라가다 가랑이 찢어진 뱁새 노릇 해 줄 수 있지. 근데, 뱁새가 황새보다 훨씬 귀엽긴 하잖아? 황새 되느니 뱁새 되는 게 낫다고 본다, 나는. 너는 뭐 할래? 해소리소리랑 어울리는 새는― 야, 삼족오 해라. 박물관이랑 어울리잖아. 그때 박물관에서 너 봤을 때 딱 느꼈다니깐? 이해솔, 되게, 자기랑 어울리는 장소에 있네, 하고.

신기한 일이었다. 그 둘은 당연하다는 듯 박물관에 나타났고, 당연하다는 듯 나와 함께 구석기부터 발해까지 1층 전시실을 둘러보았다. 서루아는 하나하나 감탄하고, 읽고, 발견하고, 의심했다. 지태희는 주로 서루아의 말에 딴죽을 걸 때만 입을 열었지만 지루해 보이지는 않았다.

발해실을 나와서, 경천사 십층석탑을 앞에 두고 서루아는 의자에 널브러졌다. 쉴 틈 없이 말을 했으니 그럴 만했다.

더 못 보겠다고 외칠 것 같았던 서루아는 누운 채로 내게 물었다.

"이해솔, 여기서 네가 제일 좋아하는 건 뭐야?"

당황했다. 서루아는 내가 무슨 박물관 전문가라도 되는 줄 아는 모양이었다. 그리고 정말 그런 것처럼 유물들이 휙휙 떠올랐다. 다듬이나 주먹도끼는 너무 소박하지. 차라리 대동여지도? 김홍도의 그림?

지태희와 눈이 마주쳤다. 차분하게 가라앉아 있는, 지난주였다면 관심 없어 보인다고 판단했을 얼굴. 지금은 달랐다. 지태희는 여기 또 왔다. 싫었으면 안 왔을 애다. 잘 몰라도, 그건 알았다. 그러니 나는 지금 진짜 답을 내어놓아야 했다.

내가 박물관에서 가장 좋아하는 건.

"2층에, 기증실에 있는 건데."

"그럼 거기까진 가 봐야지!"

그새 기운을 차린 서루아가 자리를 박차고 일어났다.

2층의 꽤 넓은 부분이 기증실이었다. 박물관의 다른 전시실은 시대별, 주제별, 국가별로 분류되어 있지만 기증실은 이것저것 뒤섞여 있어 보물 창고 같았다.

"와, 이걸 한 사람이 다 가지고 있었던 거야? 오!"

서루아가 가볍게 전시실 안을 돌아다니다가 향주머니와 부채 장식 앞에 멈췄다.

"난 이런 게 좋더라. 유명한 사람이 만든 예술작품 말고, 평범한 물건."

"어, 나도 그런데."

나도 모르게 반색했다. 대단히 특별해서가 아니라 오래된 것이어서 여기 있는 것들이 좋았다. 서루아가 나와 같은 생각을 했다는 게 신기하고 반가웠다.

"과연 평범한 걸까."

지태희가 한마디 했다.

"안 부서졌다는 게 특별한 거지."

내가 말하자 서루아는 내가 자기편을 들어주었다며 기뻐했다. 딱히 누구 편을 들려고 한 게 아닌데, 머쓱했다.

"그래서, 이 중에서 뭐? 뭐가 제일 좋은데?"

서루아가 전시실을 쭉 둘러보며 물었다. 나는 도망치려는 마음을 붙잡고 대답했다.

"이쪽으로 와 봐."

전시실 안쪽 벽을 돌아가자 전시실의 인공조명과는 단연 다른, 창밖으로부터 쏟아지는 빛이 보였다.

휴게실이었다. 등받이 없는 긴 의자 몇 개가 벽에 붙어 있는, 별다른 특징 없는 작은 공간. 벽 뒤에 숨겨져 있어서 안내판이 붙어 있는데도 들어오는 사람은 적었다. 박물관에서 가장 좋아하는 게 휴게실이라니. 좀 부끄러웠다. 그렇지만 지금은 가짜를 내밀고 싶지 않았다.

나는 여기가 좋고, 좋다는 것을 두 사람이 알아주었으면 좋겠다는 작은 기대를 품었다. 밟아도 밟히지 않을 만큼 작은 기대였다.

"오! 아늑하다."

서루아는 냉큼 구석 자리에 앉아 감탄했다. 서루아는 내가 무엇을 보여 주든 똑같이 감탄했을 것 같긴 했다. 지태희는 별다른 표현을 하지 않고 옆자리에 앉았다.

창밖으로 물든 잎을 떨어뜨리는 나무와 구름으로 얼룩진 하늘이 보였다. 벽 뒤의 유물들, 그 한 무더기의 과거는 잠시 잊히고, 현재만이 존재하는 것 같았다.

그리 친하지도 않은 두 사람과 이곳에 있다는 게 이상했다. 친하지 않아서 가능한 건가. 이 거리감이 편했다. 이 둘을 대하는 건 박물관의 전시품을 보는 것과 비슷했다.

어차피 내 것이 아닌 것들.

어차피 유리장 안에 든 것들.

탐낼 필요도, 가지지 못해 괴로워할 필요도 없는.

서루아는 한자리에 오래 못 있는 애였다. 1분 동안 앉아서 좋다, 편하다, 말하더니 훌쩍 자리를 떠났다. 나는 서루아를 따라갈 타이밍을 놓쳐 지태희와 둘이 남고 말았다.

무슨 얘기를 하지? 얼굴 얘기를 다시 꺼낼까? 어색한 침묵이 먼지처럼 우리 사이를 떠돌았다.

"요즘은 농구 안 해?"

깜짝이야. 어떻게 알았지 했다가 지태희도 점심시간에 가끔 체육관에 나왔다는 걸 떠올렸다. 배드민턴 하는 걸 봤다.

"요즘은…… 다치지 않으려고. 음, 조금이라도 안 다치려고 안 하는 건데."

엉겁결에 나는 진짜 속마음을 말했다.

"지금 아빠랑 둘이 사는데, 아빠가 지방 근무 중이거든. 그래서, 다치면 좀 곤란해서."

아빠는 여름부터 일이 바빠져서 주말에도 집에 못 왔다. 한 달에 한 번, 그것도 평일에나 겨우 왔다. 그러니 나는 아프지 말아야 했다. 아프거나 다치기라도 하면, 엄마에게 연락이 갈 테니까.

나는 아프지 않기 위해 많은 노력을 했다. 영양소가 부족하지 않도록 급식도 나오는 대로 다 먹었고 아직 10월이지만 패딩도 꺼내 놨다. 언제 갑자기 추워져서 감기에 걸릴지도 모르니까. 초록불이 깜박여도 절대 뛰지 않았다. 농구를 그만둔 것도 같은 맥락이었다.

지태희는 뭐라고 말해야 할지 모르는 것 같았다.

"바봄과 좋아해?"

말을 고르고 골라, 지태희가 물었다. 나도 모르게 웃어 버릴 뻔한 것을 겨우 참았다. 되게 힘들게 짜낸 질문 같아서.

의외였다. 지태희는 나와 계속 대화를 하려고 했다. '아 그래?' 하고 입 다물어도 될 타이밍인데.

지태희가 달라 보였다. 손도 못 댈 고난이도 수학문제가 아니라, 한 단어 한 단어 들여다보면 이해할 수도 있는 비문학 지문처럼 느껴졌다.

"응. 그러니까, 어…… 물건들이, 잘 보살핌을 받고 있는 그런 느낌이라서?"

나는 진지하세 내답했나.

서화실에는 이런 문장이 붙어 있었다.

'빛과 열에 취약한 서화 전시품의 보호를 위해 조명을 낮추었습니다.'

그러니 보는 당신들이 이해하시오. 참으시오. 원하는 만큼 뚜렷하게 볼 수 없다는 걸 받아들이시오.

"그게 보기 좋아?"

지태희는 별 뜻 없이 물은 걸 텐데, 갑자기 얼굴이 달아올랐다.

속마음을 들킨 기분이었다. 대단한 속마음도 아닌데. 그냥 나도 그 순간에 깨달아서 그랬다. 내가 그런 걸 좋아하는구나.

박물관에는 그런 모습이 많았다. 완벽한 습도와 조명 속에 자리 잡은 유물들. 유리창 너머의 물건을 조용히 들여다보는 사람들. 목소리를 낮춰 속삭이는 것. 박물관 직원들이 뛰는 어린애를 혼내지 않고 부드럽게 돌려보내는 모습.

나는 그게 좋았다. 그래서 박물관에 있는 게 좋았다.

"그때 말한 건데."

지태희는 가방에서 책을 꺼내 내게 내밀었다. 낡은 책이었다. 『마지막 신라인 윤경렬』. 표지에는 흰 곱슬머리의 노인 사진이 박혀 있었다.

"그, 얼굴을 찾았다는 친척 할아버지. 그거, 자서전이거든. 음…… 관심 없으면 안 봐도 돼."

지태희는 난처한 얼굴을 했다.

"아니야. 궁금했어, 진짜."

지태희는 한결 가벼워진 태도로 책을 설명했다. 거의 30년 전에 나온 책이고, 그 할아버지는 우리가 태어나기 한참 전에 돌아가셔서 지태희도 사진으로만 봤다고 했다.

지태희가 책을 내게 넘겼다.

"서루아도 빌려 갔었는데, 다 읽지는 않은 거 같더라. 원래 그래. 지난번에 걔가 얘기한 건 인터넷에서 기사 찾아보고 말한 거야."

진짜 친한 사람 대하는 말투였다. '걔는 원래 그래' 같은 말은 '원래'의 그 사람을 알아야 할 수 있는 말이니까.

"둘이 친해?"

선을 넘는 질문인가. 살짝 후회했다. 차라리 서루아에게 불어볼걸. 그러나 지태희는 아무렇지 않게 대답했다.

"어렸을 때 같은 유치원 다녔어. 그때부터 엄마들끼리 친해서, 뭐, 자주 봤지. 서루아는…… 편해. 오래 알아서 그런 것도 있겠지만, 워낙 정신이 없잖아. 그래서 편해."

그 말이 끝나자마자 탁탁 튀는 발소리와 함께, 박물관의 고요와는 도무지 어울리지 않는 서루아가 휴게실로 성큼성큼 들어왔다.

"여기 기증실 맘에 든다. 저기 꼭두 봤어? 상여에 얹는 거래! 완전 귀엽더라. 나 그런 거 만들어 보고 싶어. 나무 깎는 거 잘할 수 있는데. 어? 그 책 진짜 가져왔네?"

서루아는 책을 집어 스르륵 훑었다.

"난 솔직히 앞에밖에 못 봤어. 이해솔, 책 좋아해?"

나는 이번엔 진짜로 웃고 말았다. 박물관 좋아하냐고 지태희가 물은 거랑 겹쳐서.

내가 웃자 서루아는 이유도 모르면서 따라 웃었다. 지태희도 어이없다는 듯 픽 웃음을 흘렸다.

박물관에서 이 둘과 웃고 있다는 게 너무 비현실적이었다. 드라마의 한 장면 같았다.

그리고 이 드라마는 그날 끝나지 않았다. 서루아가 내게 또 박물관에 올 거냐고 물었고, 나는 그 분위기에 취해 일요일이면 늘 온다는 것을 말해 버리고 말았다. 그럼 자기도 오겠다며 서루아가 말도 안 되는 약속을 했고, 반박해야 할 지태희마저 말없이 동의해 버리는 바람에.

우리는 박물관에서 만나게 되었다.

나는 운명이라고 생각해. 지태희한테 그렇게 말해 봤는데, 들은 체도 안 하더라. 걔는 원래 그래.

두 번째까지는 우연일 수 있지. 하지만 세 번째부터는 우연 그 이상일 거야.

지태희는 아주 자연스레 가방을 챙기더라. 세 번 연속 자습 시간에 빠지면 집에 연락이 가리라는 걸 알면서도. 하도 웃겨서, 아니 황당해서 못 본 척하고 있었거든? 왜 안 나오냐고 묻더라. 나도 박물관에 가는 게 당연하다는 듯이!

내가 어떻게 했게? 평소처럼 뻗대서 지태희를 열 받게 할 수도 있었겠지.

근데 희한하게, 일겠어, 하고 짐을 챙기게 되더라니까.

나야 좋지, 주말 학원 자습이라는 극악무도한 벌칙을

빠지는 거니까. 지태희를 앞세우면 우리 엄마는 넘어가 줄

거거든.

응? 아, 그 얼굴. 글쎄, 지태희 생각은 모르겠지만 하나는

확실해. 이해솔 네가 아니었으면, 네가 그 얼굴에 관심을

보이지 않았다면 지금처럼은 안 됐을 거야. 불쏘시개?

마른 장작? 뭐 어쨌든, 불이 꺼지지 않게 하는 무엇.

네가 바로 그런 거였어.

3

고청 윤경렬. 1916년생. 함경북도 경선군 주을에서 태어났다. 주을은 온천으로 유명한 고장이라 관광객이 많았고 일본인들이 경영하는 관광상품 상점도 있었다. 거기서 파는 토우 인형에 마음을 뺏긴 고청은 조선의 모습을 생생하게 담은 토우 인형을 만들고자 결심했다. 21세에 일본 하카타로 인형 제작을 배우러 떠났고, 나카노코 인형연구소에서 3년 반 동안 제작을 배웠다.

돌아와서는 개성에 자리 잡고 인형을 제작했는데 개성박물관 관장이던 고유섭 선생에게서 중요한 조언을 받게 된다. 일본에서 배운 것으로는 우리의 모습을 담은 인형을 만들 수 없다고, 우리

땅의 아름다움을 표현하려면 우리 땅에 싹트고 꽃피는 것을 알아야 한다고.

일제의 식민 통치하에 우리 것을 배울 길이 다 막혀 있던 터라, 고청은 역사가 깊은 곳으로 삶의 터전을 옮길 결심을 했다. 그곳이 바로 경주였다.

그 뒤로 고청은 50여 년간 경주에 살면서 신라 문화의 아름다움을 발견하고 전파하는 것을 삶의 목적으로 삼았다. 경주박물관에 어린이 박물관 학교를 세웠고, 경주 남산의 불상들을 기록하여 훗날 '노천 박물관'이라고 불리게 될 남산을 세상에 알리는 데 기여했다.

우리는 박물관 2층 전시관 바깥 휴게실에 앉아 있었다. 나는 지태희가 빌려준 책을 읽고, 검색도 하면서 이 '마지막 신라인'에 대한 정보를 모았다. 지태희의 엄마의 외할아버지의 사촌 형님. 지태희의 엄마는 어릴 적에 두어 번 만난 적이 있다고 했다.

서루아도 지태희가 가져온 책을 읽는 중이었다. 『신라 이야기』. 고청이 쓴, 신라의 전설과 옛이야기를 모은 어린이책이었다. 지태희는 문제집을 풀었다. 무릎 높이의 탁자는 공부를 하기엔 적합하지 않았지만 지태희는 꿋꿋했다.

"나는 그 얘기가 좋더라. 일본에서 3년 동안 물들었으니 10년은 해야 그 독소가 빠질 거라는 거."

책을 읽는 내내 10초 간격으로 핸드폰을 들여다보던 서루아가 내게 말했다. 실제로 고유섭 선생이 고청에게 한 말이었다.

"고등학교 3년 내내 준비해서 수능을 보려는데, 잘못 배웠고 다시 처음부터 해야 한다는 말을 들으면 어떨까?"

내가 말하자 서루아는 소름 돋는다며 진저리를 쳤다.

고청은 조언을 듣고 자기가 배웠던 것을 버렸다. 태어나고 자란 땅을 떠나 새로운 땅을 찾아갔다.

"근데 왜 하필 경주였대?"

서루아가 물었다. 그 얘기까진 안 읽은 모양이었다.

"부여나 공주도 생각했었대. 백제 유적이 보드랍고 따스한 느낌이라 좋았는데, 통일신라는 고구려부터 발해까지 다 통합해서, 그러니까…… '겨레의 지혜가 뭉쳐 이뤄진 것'이라 생각했대."

나는 책에 나온 부분을 읽어 주었다.

"지나가는 사람만 봐도 얼굴이 보이는데, 굳이?"

"그땐 달랐지. 이름도 일본식으로 바꾸라고 했잖아."

우리란 건 없다고 강요당하고 있었기에, 무엇이 우리의 얼굴인지 뒤섞여 판단할 수 없었기에 천 년 전 사람들이 남긴 것에서 얼굴을 찾아낸 것이다.

"이런 말도 나와. '제가 경주에서 살펴본 우리 얼굴은 중국 불상들처럼 으스대지 않고 일본 불상들처럼 점잖게 보이려고 꾸미지도 않고 생긴 그대로 보이는 꾸밈없는 얼굴들이었습니다.'"

"중국 일본 불상도 한번 봐야겠다, 진짜 그런지. 근데 신라면 천 년 전? 이천 년 전? 그 정도면 사람 얼굴도 변하지 않나? 뭐, 요즘 사람들 얼굴이 변했다잖아, 먹는 게 달라져서."

"천 년은 그렇게 긴 시간도 아니야. 구석기실 가면 몇 십만 년 전 뗀석기도 있는데."

"와, 너무 비현실적이지 않아? 어떻게 인류는 그렇게 오래 살았지? 멸종할 때 안 됐나?"

서루아가 거침없이 말했다.

몇 십만 년 앞에선 천 년의 역사도 별게 아니다. 그럼 삼 년 묵은 시간은 '고작'일지도 모르겠다. 그렇지만 한 살 차이 가지고 쩔쩔매고, 하루를 낭비했다고 투덜대기도 한다. 가까운 시간은 그렇게 세세히 따지면서 먼 시간은 뭉뚱그려 놓는다.

"조금 있으면 멸종할지도 몰라. 지금처럼 지구를 막 굴리고 살면."

"그니까! 과학자들이 막 뭐 예측하고 그러잖아, 몇 십 년 뒤면 망한다. 근데 그래도 다들 똑같이 살던 대로 살지 않아? 어때, 이해솔? 우리가 안 망할 수 있을까?"

서루아의 생각은 종잡을 수 없이 튀어 나갔다. 따라잡기 바빴다.

"몇 명이라도 살아남으면 이어지겠지. 망하고 나면, 이렇게는 안 되는 거였구나 배울 테니까."

"아, 나는 역사에서 배운다는 말이 싫더라. 나는 못 하는데 다른 누군가는 예측하고 대비하면 나만 손해잖아. 진짜로 미래가 암흑이고 안개면 차라리 좋겠다. 모두가 똑같이 운에 맡기게."

서루아가 말했다. 어이없고 웃겼다.

"그러지 말라고 역사가 있는 건데?"

"그러니깐! 왜 있냐고, 역사. 외울 거나 많고."

서루아는 곧 닥쳐올 기말고사 시험 범위에 대해 불만을 늘어놓다가 훌쩍 자리를 비웠다. 나는 다시 자서전을 집어 들었다.

"재밌어?"

지태희가 나를 보고 있었다.

"어. 재밌는데?"

"어떤 부분이?"

약간 당황했다. 흥미롭게 읽고 있긴 했지만 구체적으로 말하려니 어려웠다.

"일단, 흙으로 인형을 빚는 거…… 어떤 인형이었을까 궁금해. 일본에서 배워 온 얼굴이랑 나중에 경주에서 만든 얼굴이 얼마나 달랐을지도 궁금하고. 음, 경주 신라 불상은 뭐가 달랐을까 궁금하네, 진짜. 네가 왜 박물관 왔는지 알겠다."

지태희의 표정이 누그러졌다. 지태희가, 웃었다.

웃음은 짧았다. 지태희는 금세 무표정으로 돌아가 문제집을 봤다. 아, 너무 빤히 봤나. 하지만 놀랐다.

얼굴을 보러 왔다는 게 정말이었구나. 진짜 관심이 있어서 내가 관심 가지는 걸 기뻐하는구나.

나는 책을 계속 읽으려 했지만 심장이 빠르게 뛰고, 글씨가 눈에 잘 안 들어왔다. 나는 자서전을 덮고 사진 위주인 『경주 남산』을 펼쳤다. 역시 고청이 쓴, 경주 남산에 있는 신라의 유적을 기록한 얇은 책이었다.

경주 남산은 해발 486미터, 그다지 높진 않았다. 그 산 구석구석, 바위에 새겨지고 또 세워 놓은 불상만 80여 개에 탑은 60개가 넘고, 절터가 100곳이 넘었다. 그러니 산 곳곳에서 불상과 기와와 탑의 조각들을 볼 수 있다고 했다.

발걸음 가볍게 돌아온 서루아가 내가 앉은 의자 팔걸이에 걸터앉아 책을 들여다보았다.

"이 정도면 뭐, 불상으로 뒤덮인 수준 아냐? 이런 걸 보고 우리의 얼굴이다, 느꼈다는 건데. 이 중에 뭘까? 이런 거?"

바위에 튀어나오듯 부조로 조각된 불상 사진이었다. 그 얼굴은 딱히 한국인의 대표 얼굴 같진 않았다. 불교조각실의 얼굴들도 마찬가지였다. 원래 그 불상들이 있었던 산속에서 보면 달라 보일까? 햇빛과 그늘 아래서 보면?

"실제로 보면 다를까?"

"오! 우리 경주 갈래? 가서 직접 보는 거야. 사진 보는 거랑은 완전히 다를걸?"

서루아가 제안했다. 진심인가? 서루아는 하루에도 수십 명에게 수십 개의 제안을 하는 애였다. 매점에 가자, 게임을 하자부터 기말 시험지를 불태워 버리자 같은 말로만 뱉는 제안까지.

"진짜 가자. 이해솔, 너 돼? 나는 돼! 지태희, 갈 거지?"

지태희는 문제집에서 눈을 떼지 않고 어깨를 으쓱 올렸다. 긍정인지 부정인지 알 수 없었다.

우리 셋이? 말도 안 된다. 아빠가 허락할 리 없었다. 그런데도 경주에 가는 상상을 하자 기분이 바뀌었다. 산뜻한 바람이 불어 온 것처럼, 도망친 구석에서 길을 하나 더 발견한 것처럼.

지태희는 문제 풀이에 몰두했고, 서루아는 다시 『신라 이야기』를, 나는 『경주 남산』을 읽었다. 모르는 단어가 많았다. 마애불의 마애는 바위에 새겼다는 뜻. 여래는 부처. 본존불은 또 뭐야? 검색하고 있는데, 서루아가 상기된 얼굴로 말했다.

"야, 내가 대단한 걸 알아냈어. 여기 보니까, 왕들이 다 뜬 금없이 나타나. 봐라, 박혁거세는 우물에 알이 있고 거기서 나왔잖아?"

"우물 맞아? 샘 아니고?"

지태희가 고개도 들지 않고 말했다. 서루아는 다시 책을 뒤적였다.

"엥, 샘이네. 근데 그림이 너무 우물 같잖아. 어쨌든! 알영 왕비도 계룡이 낳았고, 누구야, 석탈해 이사금? 그 사람도 궤 짝에 든 알에서 나왔고, 김알지는 계림 숲 나뭇가지에 걸린 금궤에서 나왔어. 재밌지 않냐? 뭐 다 갑자기 나타났대?"

"베이비박스 같네."

지태희가 여전히 문제집에서 눈을 떼지 않고 대꾸했다.

나는 흠칫 놀라 책장을 놓쳤다. 책장이 후루룩 넘어가 저절로 닫혔다. 서루아는 눈치 채지 못했지만 지태희는 잠깐 내게 시선을 주었다.

나는 당연하게도, 아빠를 떠올렸다. 상자에 들어 있었다던 아빠를.

아빠에게서 직접 들은 것은 아니었다. 아빠와 함께 자랐다는 '고모'와 '삼촌'들에게서 들었다. 상자에서 꺼내진 아빠가 어떻게 시설로 가고 또 어떻게 '홈'이라 불리는 위탁가정에 가서 자라게 되었는지도.

엄마는 아빠와 사이가 좋았을 때는 그 사실을, 아빠의 역사를 자랑스러워했다. 그 모든 악조건에도 불구하고 자기 삶을 일궈 낸 아빠를 추켜세웠다. 아빠와 갈라지게 되었을 때는 그게 아빠의 한계라고 말했다.

'네 아빠는 아직도 상자 속에 있어. 그래서 우리까지 상자 속에 있는 거야.'

엄마의 말이 진실이든 아니든, 그 말은 내게 영향을 미쳤다. 단정짓는 말, 설명하는 말이 나를 가두었다. 정말로 상자처럼.

그렇게 시작된 아빠의 역사가 곧 나의 역사라는 걸 엄마는 모르는 것 같았다. 엄마는 그 역사에서 떨어져 나갈 수 있어도 나는 그럴 수 없다는 것을.

"……왕이 되려면 그 정도로 신비로워야 한다 이거지. 과거가 숨겨져 있고. 그래야 백성들이 복종하는 거야. 저 사람에게는 뭔가 있나 보다, 싫어야 돼."

서루아는 말하고 있었고, 나는 알아들었단 뜻으로 고개를 끄덕였다.

"오, 해소리, 내 말 들어준 거야? 고마워, 진짜 지태희는 내가 말하면 다 씹는다! 내 말이 맛있나 봐."

"또 헛소리야."

지태희는 냉랭하게 대꾸하고는 채점을 시작했다. 빨강이 아닌 초록 색연필이었다.

책을 읽으려 했지만 초록 색연필의 움직임에 자꾸 눈길이 갔다. 동그라미, 동그라미, 동그라미, 선.

"아이 씨!"

지태희가 종잇장을 와락 구겼다. 서루아가 혀를 찼다.

"야, 그냥 자습실에서 하지 왜 여기까지 와서 난리냐."

구겨진 문제집을 손으로 눌러 펴면서, 지태희가 대답했다.

"여기가 잘돼. 거긴 답답해."

"하긴. 이해솔, 우리 다니는 학원 자습실이 시설은 좋거든? 근데 이번에 벽을 회색으로 칠했다고. 그게 뭐 차분해지는 색깔이래. 근데 거기 있으면 딱 그거 된 거 같아. 조개."

"조개?"

"어. 뻘에 가라앉는 조개."

풋, 웃어 버렸다.

"근데 조개는 뻘이 집이니까 편하지 않을까."

"헐. 그 말이 맞네. 이해솔 천재다. 야, 조개! 너네 집으로 돌아가!"

서루아는 지태희에게 손가락질을 했다. 지태희는 들은 척도 안 했다. 좀 아슬아슬했다. 서루아는 지태희를 들쑤시고 싶어 하는 것 같았다.

"잘해라, 기말 땐 도로 등급 올려야지. 아, 올라가려면 누가 네 밑으로 떨어져야 하는 거지? 어쩌냐, 내려가 주고 싶은데 이미 밑이라서 못 해 주겠네. 미안하다."

곧 2학기 기말고사였다. 속이 답답해졌다. 지금 이런 책을 보고 있을 때가 아닌데. 경주며 남산의 불상, 신라는 시험 범위가 아닌데.

그렇지만 시험 범위 안에 있는 정보들을 외워 답을 써 넣는 것보다, 헛발질하라고 꼬아 놓은 보기들 사이로 휘청이며 걷는 법을 익히는 것보다, 한 사람의 인생을 보는 게 더 중요하게 느껴졌다.

　희한한 모임이었다. 박물관의 셋. 언제나 내가 한 시간은 일찍 박물관에 왔다.

　서루아는 지하철에서부터 어디냐고 묻는 문자를 보냈다. 나는 주로 고청이 쓴 책을 읽고, 서루아와 이곳저곳을 돌아다니다가 지태희가 자리 잡은 곳으로 돌아왔다. 지태희는 문제집을 풀거나 단어를 외우다가 서루아가 재촉하면 마지못해 일어나 한두 개 정도 전시실을 함께 돌았다.

　서루아는 얼굴을 비교해 보자며 곳곳으로 우리를 끌고 다녔다. 외국에서 온 유물들, 또 백제나 고구려, 조선과 고려의 유물에서 얼굴을 찾았다. 서화실에도 꽤 얼굴이 많았다.

　서루아는 맘에 드는 얼굴은 찍어 두었고 나와 지태희의 사진도 찍었다. 지태희가 질색할 줄 알았는데 별 신경을 안 쓰는 게 의외였다.

　지치면 실감영상관에서 공간을 꽉 채운 영상을 보았다. 어떻게 앉아도 불편한 둥근 의자에 앉아 움직이는 그림을 보고 있으면 박물관이 한없이 넓어지는 듯했다. 혼자 왔을 때도 보았지만 그때는 시야가 뒤집히는 느낌이 썩 좋지 않아 보다 말 았다. 그런데 같이 있으면 괜찮았다. 서루아가 끊임없이 추임 새를 넣어서인지, 지태희가 여기에서만큼은 꼼짝 않고 집중 해서인지.

지태희는 가끔 고청과 경주에 대한 새 자료를 들고 왔다. 나는 성심성의껏 읽고 내 의견을 말했다. 그러면 아주 옅은 웃음을 볼 수도 있었다.

우리는 폐관을 알리는 알람을 듣고서야 밖으로 나왔다. 매 주 해가 짧아지는 게 느껴졌다.

"깜깜할 때는 어떨지 궁금하다."

몇 번째인가의 일요일에 서루아의 호기심이 발동했다.

"수요일하고 토요일엔 9시까지 연대. 야간 개관."

"오! 그럼 우리 밤에 한번 와 보자!"

그 제안에 마음이 끌렸다. 지태희는 인상을 찌푸렸고, 서 루아는 태연하게 말을 던졌다.

"지태희 너는 학원 가야 하니까 못 오겠네."

"너는 안 가냐?"

"나는 뺄 수 있고, 너는 못 빼고. 그 차이지."

지태희는 입술을 달싹거리다가 마침내 말했다.

"……토요일은 돼."

진짜 좀 놀랐다. 나나 서루아는 몰라도 지태희가? 기말고사를 앞둔 이 시기에 학원을 빠지고 박물관에 오겠다니.

"시험 끝나고 와도 되잖아."

내 말에 서루아는 성급하게 손을 내저었다.

"그렇게 미루단 평생 못 한다!"

정말로 이상한 일이었다. 말은 말일 뿐인데. 기대하면 안 되는데. 서루아와 지태희와 박물관이라는 조건에서는 기대가 잘 부서지지 않고, 끝끝내 현실이 되곤 했다. 수백 년, 수천 년을 버텨 유물이 된 물건들처럼.

우리는 11월의 마지막 토요일 저녁에 박물관에 왔다. 심지어 지하철역에서 미리 만나 함께 박물관을 향해 걸었다. 처음 있는 일이었다.

그날은 어느 전시실에 들어가기보다는 복도를 오갔다. 입구 쪽 벽면이 유리이고, 반대편 탑 뒤로도 창문이 있어 검은 바깥이 보였다. 우리는 어둠에 잠긴 밤의 박물관 안을 걸었다.

안에 갇힌, 남은 기분이었다. 다른 인류는 모두 우주로 떠나고, 남겨진 물건들과 함께 남은 지구의 마지막 인간들이 되었다.

저 앞의 사람들, 낯선 저들이 우리와 함께 남은 인간들이로구나. 지친 듯 앉아 있는 관람객들과 명찰을 목에 건 박물관 직원들.

밖은 이미 오염되었고, 숨 쉴 공기마저 없고, 우리는 살았다. 살아남을 이유가 있어서 살아남은 게 아니다. 우연히 이 시간에 여기에 있어서. 어떤 이유로든 여기에 있기를 결정해서 살아남았다.

"아포칼립스 같지 않아?"

서루아는 나와 비슷한 생각을 하고 있었다.

"밖에서 좀비 사태가 일어나도 안에서는 모르겠다. 여기 음식은 충분하려나?"

"〈박물관이 살아 있다〉가 될 수도 있지."

"오! 재밌겠다! 여긴 그다지 끔찍한 것도 없잖아. 공룡도 없고. 아! 불상이 있네. 돌로 된 거. 살아나서 손 한 방 휘두르면! 깔아뭉갠다거나!"

서루아는 신나는 어조로 재잘거렸다.

"불상은 살아나도 누굴 해치고 그러진 않을 거야. 개미 한 마리 안 밟겠지."

지태희가 찬물을 끼얹었다.

서루아에게 끌려 석조 불상들을 보러 갔다. 새삼 저 크기와 무게가 의식되었다. 돌부처들이 일어나서 뚜벅뚜벅 걸어 나오면? 저 굳은 입이 움직이고, 눈썹이 치켜 올라가고, 무릎에 얹은 손을 들어 내민다면?

"재밌겠는데."

그런 모습을 보고 싶었다. 주변을 파괴할 의도가 없어도 너무 커서, 무거워서, 이 공간이 너무 좁기 때문에 무너지고 바스러지는 모습을 보고 싶었다. 서루아는 또 살아나면 뭐가 재밌겠는지 보겠다며 불교조각실을 빠져나갔다.

지태희는 남았다. 나도 남았다. 우리는 움직이지 않는, 그럴 리 없는, 경주 남산에 있었을 때나 지금이나 변하지 않았을 얼굴을 올려다보았다. 저 눈과 입과 뺨이 움직이면 어떻게 보일지 궁금했다.

"엄마도, 관심 있었다고 했거든."

지태희가 갑작스레 말하곤 손을 들어 불상을 가리켰다.

"아…… 얼굴?"

"응. 그 책도 엄마가 갖고 있었던 거래. 엄마는…… 경주까지 갔었대."

기분이 묘했다. 지태희가 본인이라는 책을 한 장 더 넘겨서 보여 주는 것 같았다.

"가서 직접 보니까 달랐대? 얼굴을 찾아낸 느낌 같은 거, 알 것 같으셨대?"

"그것까진 모르겠어."

엄마한테 물어보면 되잖아, 같은 말은 하지 않았다. 물어볼 수 없는 상황이 있다는 걸 지금의 나는 잘 알았다. 엄만데? 그런 반문이 얼마나 천진하게 들리는지도.

이상하게도 지태희가 모르겠다고 대답한 것이 내 마음을 부드럽게 만들었다. 나는 뭔가 말을 하고 싶었다. 뭔가 가치가 있는 말, 무게가 있는 말을 지태희에게 말하고 싶었다.

"박물관 지하에 소장품이 어마어마하게 있대."

박물관 소식지에서 읽은 얘기였다.

"수장고라고 하는데, 너무 넓고 긴 방이어서 걸어서 다니기 힘들 정도래. 위에 전시되어 있는 건 극히 일부이고. 아직 다 파악 못 한 유물도 많대. 옛날부터 전해 내려오는 수집품을 조사하다가 중요한 유물을 발견하기도 하고. 거기에 얼굴들도 더 있을 거야."

화재와 지진과 홍수, 온갖 자연재해에도 끄떡없도록 설계되었다는 수장고 내부 사진을 떠올렸다. 그 안은 잴 수 없이 기나긴 시간들로 채워져 있다. 그 시간들이 겹겹이, 묵직하게 우리의 발밑을 받치고 있다. 절대 무너져 내리지 않으리라는 것이 쉽게 깨지지 않는 안도감을 주었다. 그 느낌을 지태희도 알기를 바랐다.

"킥보드 타고 다녀야겠다. 아니면 인라인."

지태희가 말했다. 농담이라는 걸 깨닫는 데 조금 시간이 걸렸다.

"어. 서루아라면 그럴걸."

내가 농담을 받자 지태희가 미미한 웃음을 지었다.

지태희와 나는 불교조각실을 나와 2층으로 내려갔다. 난간 너머로 홀을 내려다보며 서루아를 찾았다. 서루아는 관광객으로 보이는 외국인들과 핸드폰을 사이에 두고 대화를 하고 있었다.

지태희와 함께 서루아를 바라보는 그 순간에 나는, 이 둘과 나라는 구도가 아닌 우리 셋을 처음 느꼈다. 셋이 함께, 이런 것까진 아니었다. 평소엔 서루아의 쪽에서 지태희를 봤다면, 지금은 지태희의 편에서 서루아를 보는 거니까. 나는 어느 쪽에도 설 수 있었다. 그런 게 바로 친해지는 일일까. 내가 지금까지 알았던 우정과는 아주 다른, 생경한 느낌의 '한편'.

서루아가 우리를 발견했다. 서루아는 소리는 내지 않았지만 야단스럽게 팔을 휘적거리며 우리를 불렀다. 지태희는 작게 혀 소리를 내뱉고는 난간에서 물러섰다. 일행으로 보이고 싶어 하지 않는 것 같았지만, 서루아를 당해 낼 리 없었다. 서루아가 우리를 부르는 소리가 점차 커져 박물관 안을 울릴 정도가 됐다.

지태희와 나는 밑으로 내려가 반가사유상의 위치를 묻는 외국인 관광객에게 길 안내를 해 줬다. 루아는 놀리는 말투로 나를 박물관 전문가라고 불렀고, 나는 그 말이 싫지 않았다.

-내일도 바쁘니?

토요일 저녁마다 오는 엄마의 문자도 지금 이 순간엔 괜찮았다. 가슴이 조여들지 않았다.

박물관이 아니라 집에서, 바깥에서 받았으면 그 문자는 나를 찔렀을 것이다. '내일'도 도망쳐야겠다는 생각부터 했을 것이다.

그러나 여기는 박물관이니까. 이 밖의 세계는 사라졌고, 문자며 전화며 예정된 시험 같은 건 이미 끝난 과거에서 흘러 들어 온, 실체가 없는 신호일 뿐이니까.

그날 나는, 자유로웠다.

4

만일 과거의 잘못을 반복하지 않는다면 세상은 더
나아질까? 아니, 세상은 됐고, 우리는 더 행복해질까?
나는 행복해질까?
내 주변 사람은 좋아할 거야. 나는 진짜, 똑같은 잘못을
반복하거든. 실수도 반복하면 고의가 되는 거라더라?
그치만 그 순간엔 진짜 실수거든. 그게 문제야.
문제가 있다면 답도 있어야 하는 거 아니야? 달라질 수
있어야 하는 거 아냐?
역사도 그래서 배우는 거라며. 과거의 잘못을 반복하지

않으려고. 근데 역사를 봐. 지구는 여전히 망해 가고 있고 전쟁도 계속 벌어지잖아. 똑같은 방법으로, 똑같은 식으로. 그렇게 생각하니까 좀 낫네. 나만 문제인 건 아니야.

아냐, 변명하려는 거.

지태희는 치를 떨겠지. 또 말로 빠져나가려 한다고. 걔가 빡친 거 너도 봤잖아. 내가…… 할 말이 없다.

과거에서 조금이라도 배웠더라면, 내가 지금껏 쌓아 온 실수들을 몇 개라도 기억했다면……

해솔이 네가 그 꼴이 되진 않았을 텐데.

아침에 일어나니 목 안이 면도날로 그은 듯 아팠다.

아프면 안 되는데! 그렇게나 아프지 않으려고 조심했는데! 억울했다. 어제 춥게 잤나? 비타민이 부족했나? 감기 걸린 애 옆에 있었던가?

나는 1교시가 끝나자마자 보건실로 갔다.

"열이 있네. 집에서 좀 쉬지!"

가벼운 타박을 뒤로하고 약을 먹고 침대에 누웠다. 아파도 학교에서 아파야 했다. 그래야 누군가 나를 돌봐줄 수 있을 테니까.

보건실은 따뜻했지만 열 때문에 온몸이 떨렸다. 이불이 너무 얇아서 덮은 것 같지도 않았다. 열 오른 머리가 어지러웠다.

깜박 잠들었다가 깼을 땐 머리가 핑 돌았다. 응급실에라도 실려 온 줄 알고 바짝 긴장했다가 서서히 마음을 놓았다. 아…… 보건실이구나.

땀이 나서 옷은 축축하고 머리는 여전히 짓눌리듯 아픈데, 문이 조심성 없이 쾅 열리더니 커튼 밖이 소란스러워졌다.

"선생님, 안녕하세요! 친구가 여기 있다는데요!"

"어휴, 루아야. 좀 조용히 다녀."

루아가 커튼을 아주 살살 밀어 열었다. 웃음이 났다. 잔뜩 시끄럽게 해 놓고 나서 저러면 무슨 소용인가. 루아다웠다.

"웃는 거 보니까 좀 나았나 보네! 정소원이 너 열나서 보건실 갔다고 그러더라. 자, 이거 먹어. 비타민C."

루아는 오렌지 주스를 내밀고는 동아리 일이 있다며 황급히 떠났다.

나는 주스를 만지작거렸다. 반가우면서도 낯설었다. 여긴 학교인데. 잠깐, 박물관 같았다. 잠깐이 아니라 조금 더 길었다면 좋았을 텐데.

다음 날엔 한결 나았다. 여전히 열이 났지만 누워 있어야 할 정도는 아니었고, 목도 덜 아팠다. 아침은 어제 사 온 죽을 먹고 약도 잘 챙겨 먹었다. 패딩 안에 경량 조끼까지 겹쳐 입고 이른 핫팩도 미리 준비했다. 아빠에게서 아침 전화가 왔을 때는 아팠다는 말은 꺼내지 않았다. 시험해 보고픈 마음이 잠깐 들긴 했다. 내가 아프다고 하면 아빤 엄마에게 연락할까? 나를 돌봐주라고 할까?

나를 걱정하는 마음이 엄마에 대한 미움을 넘어설까. 그러나 아빠가 엄마에게 연락하면, 엄마의 보살핌을 받으라고 하면 곤란해지는 건 나였다.

내 택도 없는 저울질을 비웃듯 현관을 나서자마자 엄마에게서 문자가 왔다. 잘 잤니, 학교 잘 다녀와, 매일 보내는 안부 인사에 평일에는 없던 제안이 붙어 있었다.

-다음 주에 기말고사 보지? 시험 끝나고 볼까?

71

이게 몇 번째 제안이고 질문이더라.

엄마랑 만날 수 있니? 만나서 얘기할 수 있니? 엄마가 중요한 얘기를 하려고 해. 직접 보고 이야기하고 싶어…….

-잘 모르겠어. 애들이랑 놀 거 같은데.

-그래. 공부 열심히 하고 오늘 하루 잘 보내.

내가 한 번 밀면 엄마는 붙잡는 법이 없었다. 그래서 다행인데, 그래서 슬펐다.

기말고사 일주일 전의 학교는 뒤숭숭했다. 교실 문마다 조용히 닫으라는 경고 문구가 붙었다. 다들 살짝 미친 것처럼 더 크게 웃고, 짜증을 냈다. 각자의 바닥이 드러나는 시기였다.

예민하게 서로의 눈치를 봐야 겨우 탈 없이 지나갈 하루였는데, 아침부터 2층 복도가 분주했다. 봉사 동아리실 앞에 애들이 모여 있었다. 루아의 동아리였다.

봉사활동보다는 동아리실의 한편을 차지한 대형 수조로 유명했다. 가로 1.5미터, 공기 순환기와 LED 조명이 딸려 있는 거대한 유리 어항이었다.

학교에 이만한 수조가 들어온 건 다 루아의 능력이었다. 3학년 선배가 이사 가며 처분한 수조를 그 집에서 트럭으로 학교까지 실어다 주었다. 벙찐 선생님들 앞에서 루아가 허락을 받아 내던 걸 나도 보았다. 루아는 남는 동아리 예산으로 열대어를 사들이고 먹이를 나눔 받았다.

선명한 푸른색과 주황빛의 열대어들이 조명을 받아 헤엄치는 모습은 장관이었다. 쉬는 시간이면 동아리실은 구경 온 애들로 북적였고, 지난 가을 축제 때는 봉사 동아리 테마가 아예 그 수조였다. 수조와 봉사는 아무 상관이 없었지만 어쨌든 인기는 많았다.

"어, 해솔!"

루아가 내게 인사했다. 얼굴이 지쳐 보였다.

"뭐 하는 거야?"

"동아리실이 북쪽이라 겨울엔 춥거든. 선생님들이 준비실로 수조 옮겨도 된다고 해서 옮기려고."

"다음 주가 시험인데 꼭 지금 해야 돼?"

동아리 애 한 명이 불퉁하게 물었다.

"당장 내일부터 기온이 확 떨어진다잖아. 얼어 죽으면 어떻게 해. 빨리 해 놓자!"

루아는 신나게 목소리를 높였지만 동아리 애들의 동의를 끌어내지는 못했다.

"우리 넷이 어떻게 해. 다른 애들도 와야지."

"1학년들은 다 모이기로 했는데."

루아는 난처한 표정으로 복도를 둘러보았다. 약삭빠른 애들은 진작 핑계를 대고 빠졌을 것이다. 나는 팔을 걷으며 나섰다.

"나도 도와줄게."

"오! 해소리 땡큐. 덕분에 살겠다."

루아가 호들갑을 떨고, 동아리 애들 표정도 한결 나아졌다.

일단 식당에서 커다란 대야와 체를 빌려 왔다. 물고기들을 건져 대야에 넣는 것부터 하는데, 시작하자마자 뭔가 잘못됐다는 느낌이 왔다.

물고기 한 마리 꺼내는 것도 쉽지가 않았다. 루아는 물을 먼저 좀 빼보려 했지만 물이 자꾸 바닥으로 흘렀다. 어찌어찌 물을 담은 양동이는 너무 무거워서 화장실까지 끌고 가는 게 보통 일이 아니었다. 동아리 아이들에게서 불만이 터져

나왔다.

"아, 수조 같은 건 왜 들여놔서 이런 생고생을 해야 돼."

누군가 투덜거렸다. 루아는 입꼬리를 올려 웃는 것으로 답을 대신했다. 수업 준비 벨이 울리고, 동아리 아이들은 기다렸다는 듯 우르르 동아리실을 나갔다. 동아리실 바닥은 흘린 물로 철벅거렸다.

"일이 이렇게 커질 줄 몰랐네."

루아의 지친 얼굴은 낯설었다.

"천천히 하면 되지."

시무룩하게 처져 있는, 후회하는, 루아답지 않은 모습은 보고 싶지 않았다. 웃으며 하고 싶은 대로 하는 루아이길 바랐다.

나는 쉬는 시간마다 가서 물고기들을 마저 잡아 대야로 옮겼다. 하다 보니 요령이 생겼다. 점심시간에는 아예 급식을 거르고 일을 했다. 가끔 누가 들여다보고 갔고, 루아가 한 번 왔다. 루아는 더없이 고마워하다가 밀린 수행평가 숙제를 해야 한다고 뛰어갔다.

"그걸 왜 네가 하고 있어?"

태희가 동아리실 문가에 서 있었다. 반가웠다가, 내 꼴이 얼마나 웃겨 보일지 깨달았다. 양손엔 분홍 고무장갑을 끼고 체육복 바지를 걷어 올린 채, 한 손엔 체를 들고서.

"아…… 하다 보니 잘돼서."

나는 어설프게 웃어 보였지만 태희는 웃지 않았다. 열린 문으로 찬 공기가 들어와 젖은 옷자락을 싸늘하게 식혔다. 복도 창이 열려 있나, 추운데……. 태희의 눈길을 피하고 싶어서 아무 말이나 했다.

"이따 수조 옮길 때 도와주러 올래? 너 시간 되면."

"난 안 가. 그럴 시간도 없지만, 시간 있어도 안 가."

태희가 날 선 말투로 당연한 대답을 던졌다. 태희의 눈을 마주 보았다. 태희의 얼굴에 서린 냉랭함이 순간 풀렸다.

"이해솔, 너도 서루아 어리광 받아 주다간 말려. 적당히 해."

"……내 일은 내가 알아서 할게."

"너 아프잖아!"

아. 까먹고 있었다. 그래서 더 추웠나. 아니다, 다 나았다. 난 안 아플 거였다. 아프면 안 되니까.

"이제 괜찮은데."

태희도 내가 아프다는 걸 알고 있었구나. 그게 더 크게 다가왔다. 축축한 체육복이나 차가운 바람이나 미끌거리는 물고기들보다 더 뚜렷하게.

태희는 나에게 화를 내고 싶은 것 같았다. 루아에게 하듯, 무슨 헛짓거리냐고 핀잔을 주고 싶은 것 같았다. 어쩌면 나는 태희가 그러기를 기대했는지도 모르겠다. 그러나 태희는 어깨에서 힘을 빼고 말없이 돌아섰다.

종례 후에는 한 명이 줄었다. 루아와 다른 동아리원 두 명과 함께 남은 물을 뺐다. 양동이로 물을 퍼서 화장실에 가서 부었다. 복도에 흐른 물자국을 보며 선생님들이 나중에 잘 치워야 한다고 잔소리를 했다.

"왜 이런 걸 우리가 해야 하냐고."

동아리 애 하나가 중얼거렸다. 루아가 대걸레를 가져오겠다고 뛰어간 사이였다.

"아우, 몰라, 진짜. 왜 이렇게 일을 벌여? 벌일 거면 혼자 하던지."

다른 애가 말을 받았다. 확 열이 올랐다.

동아리의 자랑이라 할 때는 언제고? 루아 덕을 볼 때는 이런 말 안 했을 거면서? 나도 루아 때문에 돕는 건데, 그런 건 안 보이나 보지? 손이 거칠어졌다. 물이 튀기자 애들이 기겁했다.

"야, 이해솔. 살살해."

"에효, 너도 짜증나지? 넌 또 무슨 고생이야. 괜히 서루아한테 끌려와서. 거절도 못 하고."

거기서 터졌다. 참지 못하고 말했다.

"내가 한다고 한 건데? 서루아 탓하지 말고 그냥 너네가 나한테 고마워하면 될 거 같은데? 너네 동아리 일이잖아, 서루아 개인 일이 아니고."

분위기가 싸늘해졌다. 자기들끼리 눈짓을 주고받는 걸 모르는 척했다. 상관없었다.

물을 빼는 데 한 시간이 넘게 걸렸다. 이제 수조만 옮기면 끝이었다. 더 이상 못하겠다는 동아리 애들을 루아가 달랬다.

"옮기는 거까지 다 해 버리자. 끝나고 내가 떡볶이 사 줄게!"

나와 루아가 수조의 앞쪽을 잡고, 투덜거리는 두 명이 마지못해 수조를 잡았다. 유리 수조는 지독하게 무거웠다. 한 걸음 옮길 때마다 어깨가 빠질 듯이 아팠다.

복도 끝에 태희가 가방을 메고 서 있었다. 태희는 잔뜩 찌푸린 얼굴로 우리를 보고 있었다.

"야, 서루아! 이거 너무 무거워! 잠깐 놔 봐. 야, 이거 이렇게 못 든다고!"

동아리 애가 비명처럼 외친 순간이었다. 무게중심이 뒤로 확 쏠렸다.

"헉!"

"이해솔!"

루아의 놀란 목소리, 와장창 깨지는 소리와 반짝이는 유리 파편들- 나는 반사적으로 눈을 감고 몸을 돌리려다 바닥에 흐른 물에 미끄러졌다. 왼쪽 발목이 꺾이고, 나는 흩어진 유리 조각 위로 넘어지고 말았다.

"걔가 일부러 놓친 거야!"

태희는 미친 듯이 분노했다.

다친 건 나 하나였다. 젖은 체육복 소매를 걷어 올리고 있던 탓에 손등부터 팔꿈치까지, 유리 조각에 쓸려 상처가 났다. 다행히 꿰맬 정도는 아니었지만 보건 선생님은 흉이 질 수도 있겠다며 걱정했다.

사실은 발목이 욱신거리는 게 더 신경 쓰였다. 그러나 여기서 발목이 아프다는 말을 꺼냈다간 태희의 분노에 기름을 붓는 꼴이 될 것이었다.

"설마 그랬겠냐."

나는 태희를 진정시키려 했지만 태희는 듣지 않았다.

"걔가 얘 싫어했다고. 싫겠지, 그딴 일이나 벌이는데! 엿 먹으라고 손 놓은 거야."

태희는 루아를 향해 손가락질했다.

"야, 넌 아무것도 하지 마. 다 그만둬. 너하고 엮여서 멀쩡한 게 없어!"

"말이 너무 심……."

내 말은 다 듣지도 않고, 태희는 보건실 문을 쾅 닫고 나가 버렸다.

얼어붙은 것 같은 몇 초가 지나고, 루아가 문을 향했다.

"이해솔, 미안해. 내가 진짜 할 말이 없다. 병원 가. 치료비랑 약값은 내가 낼게. 꼭 말해 줘. 나는 유리 치우러 가 볼게."

"그럼 나도 도와……."

"안 돼. 넌 이제 하지 마. 내가 너무 미안하니까…… 네가 오면 나 정말 죽고 싶을 거 같으니까, 절대 오지 마."

루아는 나와 눈을 마주치지 않고 보건실을 나갔다.

일이 왜 이렇게 되어 버렸는지 이해가 안 갔다.

나 다쳤는데. 아픈데. 그냥 위로해 주고 넘어가 주면 안 되었나.

태희에게 화가 났는데, 태희에게서 문자가 왔다.

-거기 내 체육복 있어. 그거 입고 가. 너 옷 다 젖었잖아.

그제야 침대에 놓인 체육복이 보였다.

나는 상처에 닿지 않도록 조심스럽게 옷을 갈아입었다. 고맙다고 답을 보냈지만 태희는 답하지 않았다.

가 볼까. 보건실에서 나오며 망설였다. 유리가 사방에 튀었을 거고, 그거 다 치우려면 사람이 필요할 텐데. 그렇지만 죽고 싶어질 거라던 루아의 말이 앞을 막았다.

나는 패딩과 가방을 챙겨 학교를 나왔다. 디딜 때마다 시큰거리는 발목 통증과 함께 익숙한 외로움이 찬바람처럼 스 몄다.

그날도 이랬다. 나는 다쳤고, 아팠고, 누구도 내 옆에 없었 다. 아니, 옆에는 있었지만 나를 보지 않았다.

엄마가 떠나기 전 셋이 외식을 했던 날. 언제 폭발할지 모 르는 아슬아슬한 긴장감 속에서 식사를 마치고, 아빠는 따로 가겠다며 먼저 걸어갔다. 나는 아빠를 따라잡으려 뛰다가 넘 어졌다. 왼쪽 발목을 접질리면서.

엄마는 아빠가 칼로 나를 찌르기라도 한 것처럼 아빠에게 화를 냈다. 화를 터뜨릴 이유를 찾아낸 거였다.

당신 때문에 해솔이가 다쳤잖아!

지금 내가 다쳤다는 걸 엄마와 아빠가 알면 어떻게 될까. 누가 누구 탓을 할까? 절대 말하지 않겠다고 다짐했다. 다시 는 비난의 이유가 되고 싶지 않았다.

정기권을 끊어 놓은 스터디카페로 갔다. 정소원, 김가현과 함께 끊은 데였는데 두 사람은 없었다. 학원 특강이 있다고 했던가. 루아에게 다 치웠느냐고 문자를 보냈지만 답이 안 왔 다. 나는 오래 버티지 못하고 스카를 나왔다.

세상은 어두워졌다. 모두 여기 아닌 어딘가에 숨어들어 가야 하는 저녁. 배도 고프지 않고 집으로 돌아가기도 싫었다. 어차피 거기서도 나는 혼자였다.

심호흡을 해도 숨이 잘 안 쉬어졌다. 누가 목을 조르는 것처럼, 아니 목 안이 부풀어 오른 것처럼 숨이 막혔다.

어디로 가지? 어디로 가야 나아지지? 목록은 짧았고, 나는 박물관으로 향했다. 수요일, 야간 개관을 하는 날이었다.

박물관에 가면 괜찮아질 줄 알았다. 숨 못 쉬는 고통이 박물관에만 가면 사라질 거라 믿으며 사람 꽉 찬 지하철을 버티고 긴 길을 걸어 올라왔는데.

박물관 안에 들어와서도 그대로였다.

이럴 리가 없는데. 안에 들어오자마자 숨을 쉴 수 있어야 하는 건데.

당황스러운 절망감 속에서, 나는 무엇이 달라졌는지 깨달았다.

서루아와 지태희. 박물관에 그 둘이 섞여 버렸다. 둘로 채웠기에 둘이 없으면 박물관은 예전과 같을 수 없었다. 혼자서도 누릴 수 있었던 안도감을 이제 혼자서는 얻어 낼 수 없게 된 것이다.

잃지 않으려면 가지지 않았어야 했다.

하지만 그걸 미리 알 수는 없다. 가지는 줄도 모르고 가지는 거니까. 기억은. 경험은. 관계는. 손에 들어온 것들은 손가락 사이로 빠져나간다. 모래처럼, 물처럼.

"학생, 무슨 일 있는 거 아니지요?"

박물관 직원이 말을 걸었다.

너무 오래 엉뚱한 자리에 서 있었다. 나는 고개를 젓고 빠르게 발걸음을 옮겼다. 평일 저녁의 박물관에는 사람이 많지 않아 사람들 사이로 숨을 수도 없었다. 저 직원은 내가 이상하다고 누군가에게 연락을 할 것이고, 내가 가는 자리마다 그들이 날 지켜볼 것이다

등에 달라붙는 시선이 끔찍했다. 이상해 보이겠지. 잘못된 것처럼 보이겠지. 여기서는 그렇지 않으려고 그렇게나 조심했었는데. 내 조심들은 간단하게 박살났다. 나는 아팠고, 외로웠다. 이렇게 될 바에야 왜 조심했지? 왜 마음을 기울였지?

빠져드는 늪. 뻘. 태희는 학원 자습실이 그렇다고 했던가. 여기도 다를 바가 없다. 그렇게 되었다.

어딘가 내가 머물 곳이 있기나 한가?

그나마 사람이 있는 사유의 방에 들어갔다. 감상을 위해 준비되었을 그 조명과 공간의 분위기가 나를 짓눌렀다. 몇 분 버티지 못하고 나왔을 때, 건너편에 아까 그 직원이 보였다. 나는 옆 기증실로 도망쳤다. 너무 빨리 걸으면 더 이상해 보일 테니 천천히, 여유롭게, 이유가 있는 것처럼.

……그런 게 무슨 소용이야!

진짜 싫었다. 막 쿵쾅대고 싶었다. 다 때려 부수고 싶었다. 전시실의 유리를 깨뜨리고, 단정하게 진열된 소장품들을 어지르고 싶었다.

내가 그런 일을 저지를까 봐, 나는 바닥만 보며 빠르게 걸었다. 전시실들을 거쳐, 벗어나, 마지막 희망을 건 장소로 들어갔다.

휴게실에 아무도 없길 바랐는데 사람이 있었다.

<h1 style="text-align: center">5</h1>

벽에 기대어, 그림자처럼 앉아 있는 루아. 스르르 긴장이 풀리고 숨이 쉬어졌다.

나는 바닥의 타일이 늪 위로 이어진 징검다리라도 되는 것처럼, 조심스럽게 루아에게 걸어갔다.

"안녕."

"⋯⋯어떻게 여기서 만나지? 신기하다."

루아는 늘어져 기댄 채로 말했다. 나는 그 옆에 앉았다. 루아는 꼼짝도 하지 않고 말을 이었다.

"또 신기해했네. 그게 문제야, 그렇지?"

"나도 신기한데."

목이 콱 잠겨 있어서 거친 소리가 나왔다.

검은 창이 우리의 모습을 반사했다. 자연의 빛은 이미 인공 조명으로 대체되었다. 살아 있다가 살아 있는 척으로 바뀌었다.

"신기한 게 너무 많아. 그 순간엔 정말 그런 기분이 들어. 근데 그게 너무 짧아. 신기한 마음이 지나간 다음에도 거기 붙들려 있어야 하잖아. 그럴 때, 진짜 싫어."

"붙들려 있는 게?"

"아니. 계속 신기한 척해야 하는 게. 나는 너무 빨리 올라가고 빨리 내려와. 이미 마음은 멀어졌는데 몸은 거기 남아서 안 그런 척하고 있지."

힘을 싹 뺀 루아는 다르게 보였다. 끈이 끊어진 마리오네트. 모 아니면 도.

"물을 계속 흔들면 흙탕물이잖아. 가만히 두면 가라앉아서 속에 뭐가 있는지 보이고. 그래서 계속 흔드는 거야. 그럼, 척하고 있다는 걸 까먹기도 하거든."

드르륵. 의자 위에 비뚤게 놓인 루아의 핸드폰이 울렸다.

루아는 힐끗 눈길을 주기만 했다. 그러더니 생각났다는 듯 내게 말했다.

"미안. 연락한 거 봤는데 답을 안 했어."

"괜찮아. 답하기 싫을 때 있잖아."

"아니, 답하기 싫었던 게 아니라."

루아는 한 손을 들어 얼굴을 문질렀다.

"내가 싫어서야. 내 자신이 싫을 때면 답을 안 해. 못 하겠어. 괜찮은 척하기 힘들어서. 지금은 내가 많이 싫네. 너도 나 때문에 다쳤고."

"심하게 다치지도 않았어. 안 꿰매도 된다잖아."

나는 손등의 붕대가 드러나지 않도록 패딩 소매를 끌어내렸다. 루아는 내 말은 듣지 못한 것처럼 굴었다.

"결국 그거 청소도 경비 아저씨들이랑 조리사 샘들이 치워 줬어. 지태희 말이 맞아. 난 감당 못 하는 짓을 자꾸 해. 일이 벌어지면 내가 수습할 것도 아니면서. 그 순간에는 다 잘될 거 같거든. 그런데 결과는 엉망인 거지. 지태희는 잘됐다 싶을 거야. 나 맘에 안 들어서 부글부글하고 있었을 텐데 내가 꼬투리를 내줬네."

"지태희가 심했어."

내 말에 루아는 씩 웃었다. 웃음에는 힘이 빠져 있었다.

"걔가 본 게 많아서 그래. 끌려 들어간 적도 많고. 싫겠지. 짜증나겠지. 근데 말이야, 나도 억울하거든. 지가 싫음 날 밀어내면 될 거 아냐. 학원도 그래, 나는 꼭 거기 안 다녀도 된다고. 우리 엄마가 지태희 따라 하라고 넣은 거니까. 지태희가 같이 못 다니겠다고 하면, 엄마들이 걔 말은 들을 텐데."

루아는 입을 다물었다. 직원이 휴게실 안으로 몇 걸음 들어왔다가 우리를 보고 돌아 나갔다. 잠시 침묵이 흘렀다. 아까와 달리 약간의 불안함이 섞인 침묵이었다. 우리를 지켜보는 눈길로부터 불안이 옮겨 붙었다.

"이런 게 있어, 지태희네."

루아가 손을 들어 허공에 작은 동그라미를 그렸다.

"요만한 크기. 탈 있잖아, 하회탈이랑 각시탈. 그런 탈 미니어처 도자기. 그 고청 할아버지가 만든 거랬어. 6학년 때였나, 태희가 한창 그 할아버지 책 읽고 그랬을 때 나한테 보여 줬거든. 열 개도 넘게 있었는데, 되게 이쁜 거야……."

루아가 벽에 길게 기댄 채로 중얼거렸다.

"하나만 달라고 했는데 절대 안 주더라. 나도 두 번 안 물어 봤어. 걔가 싫다고 하면 진짜 싫은 거니까. 그래서 내가, 하나 훔쳤거든."

루아가 과장되게 입을 벌려 씩 웃었다.

"나도 양심이 있어서 별로 안 이쁜 걸로 가져왔다고. 그래 도 다 티 나지, 티 날 줄 알고 가져온 거지. 그래 놓고 잠을 못 잤다."

태희는 바로 다음 날 아침 루아를 찾아왔다고 했다. 같이 등교하는 내내 말이 없더니, 아예 줄 순 없으니 장기대여로 하자고 했다고.

"웃기지? 돌려달라고 하면 바로 줬을 텐데. 걔가 그래. 틈 을 보여. 그니까 내가 자꾸 들러붙지. 음, 역시 남 탓 하니까 기분이 좋네."

루아는 둘의 옛이야기를 몇 개 더 했다. 태희가 루아에게 '말린' 이야기들이었다. 초등학교 때 얼마나 깊은지 보겠다며 철봉을 파내던 루아 옆에 있다가 태희가 대신 혼난 거, 중학 교 1학년 때 학원 앞 떡볶이집에서 주인이 자리 비웠을 때 떡 볶이를 만들겠다고 설친 루아 때문에 몇 만 원어치 떡볶이를 사서 나눠 먹어야 했던 이야기.

"그게, 증거를 없애야 하잖아, 어디 버릴 수가 있어야지. 애들이랑 나눠 먹고도 남은 걸 지태희랑 둘이 먹어 치웠어. 돈도 모자라서 지태희한테 빌려서 냈거든. 걔는 돈 뺏기고 배탈 나고. 미안하긴 미안하네."

"지태희가 착했네."

내 말에 루아는 고개를 기울였다.

"착하다기보단, 꽉 막혔어. 융통성이 없다고. 그때 나랑 다시는 안 엮이겠다고 선언하더니 그 뒤론 그런 일이 없었다니깐. 너무 비인간적이지 않냐?"

폐관을 알리는 방송과 음악이 나왔다. 직원이 다시 고개를 들이밀었다. 우리는 자리에서 일어났다.

박물관 밖의 밤은 예전에 야간 개관 때 왔을 때와 달리 스산하고 차가웠다.

"여기 진짜 짜증 나!"

루아가 계단 위에서 발을 굴렀다. 계단 폭이 애매해서 똑같은 발로만 내려딛게 된다는 게 그 이유였다.

"경사로로 가, 그럼."

"지는 거잖아."

"길하고 싸워?"

웃음을 흘렸다. 어이없는 애. 웃긴 애. 박물관으로 도망친 애. 나처럼, 똑같이.

루아와 더 가까워진 것 같기도 하고 잡히지 않을 정도로 멀어진 것 같기도 했다. 이해 못 하겠다고 퉁치고 웃어 넘길 때보다, 이해가 되기 시작할 때가 더 어려운 건 왜일까.

투명하던 루아가 불투명해졌다. 어려워졌다. 그게 나쁘지 않았다. 내가 땅을 기어 헤맬 때 루아는 날개를 달고 허공을 휘젓고 다니는 줄 알았는데. 자유로운 줄 알았는데. 하늘에서도 길 잃은 느낌은 비슷했을까.

죽고 싶은 마음을 참아야 할 때가 있어. 버스를 타고 갈 때. 길을 걸을 때. 문득문득 죽고 싶어. 눌러 참으면서까지 살아야 한다는 게 나한텐 너무 이상해. 사는 건 자연스러워야 하는 거 아닌가. 태어났으니까, 살도록 되어 있으니까 그냥 살면 되는 거 아닌가. 왜 살려고 참아야 하고 애를 써야 하지?

죽는 게 더 어려워야 하는 거 아닌가…… 왜 더 쉬울 거
같지.

그 작은 얼굴, 아직 내가 가지고 있어. 책상 서랍에 있어.
내가, 책상을…… 우리 아빠 표현에 따르면 쓰레기통같이
쓰거든. 뭐가 있는지도 몰라. 근데 그게 있다는 건 알아.
이상하게, 그게 거기 있다고 생각하면 마음이 좀 낫다.
다른 싫은 것들 사이에 그게 있어서, 그나마 나은 거야.
그런 말 알아? 책상 상태가 자기 머릿속과 똑같다는
말. 맞는 거 같아. 내 머릿속도 내 책상처럼 완전
뒤죽박죽이거든. 쓰레기만 있는 게 아냐, 중요한 것들도
있어. 그렇지만 싫은 게 훨씬 더 많아.
차곡차곡 정리했다가는 다 드러날 거 아냐. 그래서 못
하는 거야. 정리할 수가 없는 거야.
그랬다간 진짜로 죽고 싶어질까 봐.

"어쨌든 끝났다! 오늘 같이 놀러 갈 거지?"
정소원이 내 책상 위로 길게 몸을 뻗었다.
"말이 길어진 걸 보니 잘 봤나 보다?"

"야. 지금부터 시험 얘기 금지. 부정 탄다."

정소원이 정색했다. 김가현은 이미 가방을 챙겨 교실 뒷문에 서 있었다.

기말고사 마지막 날은 애매한 목요일이었다. 내일이 주말이면 가뿐할 텐데. 그래도 아직 하루는 많이 남아 있었다. 나는 정소원, 김가현과 만화카페에 가기로 했다.

오랜만에 책으로 된 만화를 읽고, 뭐 시켜 먹고, 열 시 전에 집에 들어가서 인터넷이나 실컷 하다가 잠들 계획이었다. 아빠는 잘 놀라며 용돈을 더 보내 주었다.

루아와 태희는 뭘 하려나. 태희는 시험을 잘 봤을까. 우연히 마주치면 좋겠다고 생각하며 건물을 빠져나왔다. 이른 시간에 학교를 떠나는 애들은 하나같이 시끄럽고 붕 떠 있었다. 애들 사이에 휩쓸리는 바람에 정소원과 김가현보다 뒤처졌다. 먼저 교문을 빠져나가던 정소원이 뒤를 돌아보곤 빨리 오라는 듯 손을 흔들었다.

따라잡으려고 발걸음을 서두르는데, 학교 앞 큰길가에 주차된 익숙한 차가 보였다.

덜컹, 심장이 흔들렸다.

유리에 햇빛이 반사되어 운전자는 보이지 않았다. 그러나 번호가 맞았다.

나는 그 자리에 멈춰 섰다. 뒤에 오던 애들이 작게 짜증을 내며 내 옆을 지나갔다.

앞자리 유리창이 스르르 내려가고 손이 밖으로 나왔다. 그 손의 주인이 눈에 들어오기 전에, 나는 확 뒤로 돌아서서 교문 옆 담 뒤로 숨었다.

엄마였다.

왜 왔지? 내가 미룬 약속들이, '다음에'를 써 넣은 문자들이 어른거렸다.

-시험 끝나면 볼까?

엄마가 그렇게 문자를 하긴 했지만, 오늘은 목요일인데. 엄마가 쉬는 날이 아닌데.

엄마는 수요일과 일요일에 쉬었고, 그때마다 날 보고 싶어 했다. 수요일엔 학원에 가야 한다는 핑계를 댔다. 일요일에 만나지 못하는 이유는 늘 다른 거였다. 친구와 약속이 있어서, 숙제가 많아서, 학원 보강이 있어서…… 혹시나 엄마가 집으로 찾아와 거짓 핑계들을 밝혀낼까 봐 나는 박물관으로 도망쳤다.

미루고 피한 약속들이 하나로 뭉쳐 내 앞에 나타났다. '만나서 할 중요한 얘기'를 가져왔을 엄마가 몇 걸음 앞에 있었다.

엄마를 만나고 싶지 않았다. 나는 가까스로 만나면 안 될 이유를 찾아냈다.

지금 나는 다쳤다. 손등엔 아직 붕대가 감겨 있다. 엄마는 내가 다쳤다는 걸 쉽게 눈치챌 것이다. 같이 살지 않게 된 뒤로 엄마는 만날 때마다 나를 꼼꼼하게 살폈다. 얼굴에 작은 그늘이라도 없는지. 옷이 더럽지는 않은지.

그러니까, 아빠가 날 잘 보살피고 있지 못하다는 증거를 찾았다. 그 증오는 사랑과 얽혀 있기 때문에, 둘을 분리하는 것은 불가능하기 때문에…… 나는 통째로, 그 시야에서 벗어나는 것을 택했다.

나는 학교를 나오는 아이들의 물결을 거슬렀다. 서두르다 지난주에 접질렸던 왼쪽 발목을 세게 삐끗했다. 악 소리가 나올 정도로, 모르는 아이들이 놀라 내 팔을 부축할 정도로.

엄마가 내가 휘청거리는 걸 봤을까? 안 된다. 절대 보지 말았어야 한다. 나는 이를 악물고 아픈 발로 딱딱한 바닥을 디려 가며 본관 로비까지 되돌아왔다.

"해소리소리, 어디?"

김가현이 전화를 했다.

"아, 나 두고 온 거 있어서, 시간 좀 걸릴 거 같아. 먼저 가 있어. 그리로 갈게."

본관 뒤편으로 숨듯이 피해, 후문으로 나가 길을 빙 돌았다. 발목이 사정없이 아팠다. 깨진 수조 조각에 미끄러졌을 때보다 훨씬 아팠다.

가까운 정형외과를 검색했다. 부어오른 발목에 압박붕대를 감고 진통제를 먹으니 정소원과 김가현을 만났을 때 괜찮은 척할 수 있었다. 놀 장소가 만화카페여서 다행이었다. 김가현이 밥은 밖에서 먹자고 했지만 정소원이 귀찮다며 안에서 시켜 먹자고 한 것도.

엄마에게선 아무 연락이 없었다. 내가 도망가는 걸 봤을 텐데도.

아니, 봤으니까 연락을 안 하는 걸까. 내용을 읽지 않고 만화책을 한 장 한 장 넘겼다. 웃는 얼굴. 찡그리는 얼굴. 화내는 얼굴…… 이렇게 얼굴이 많았나.

어딜 봐도 얼굴이었다. 화장실에서 손을 씻고 고개를 들었을 때, 깨끗한 거울 너머로 얼굴이 보였다. 내가 피한 얼굴을 닮은 얼굴이.

집에 들어와 씻지도 않고 식탁 의자에 멍하니 앉아 있는데, 전화가 왔다.

아빠였다. 다른 의미로 속이 덜컹거렸다. 엄마가 아빠에게 연락을 했나? 내가 도망가는 거 보고 너무 열 받아서? 아빠 탓을 했을까?

전화는 한 번 끊겼다가 다시 울리기 시작했다. 안 받을 수는 없다. 멀리 떨어져 있는, 당장 내게 올 수 없는 아빠와 나 사이 최소한의 안전장치였다.

"팔 다친 거 왜 말 안 했어! 무슨 수조를 부쉈다며?"

하. 허탈했다. 아빠가 알게 된 건 오늘의 일이 아니었다. 이미 2주나 지난 일이었다. 담임이 오늘에야 연락을 한 모양이었다.

"뭘 부숴. 그런 거 아니야. 옮기는 거 도와주다가……."

"왜 그랬어! 아빠도 없는데 다치면 어떻게 해!"

아빠는 화를 냈다. 화낼 만하지. 나를 걱정해서 그래. 습관처럼 아빠를 이해하려 했지만 오늘은 잘 안 됐다. 나는 오래 참았다. 안 아픈 척하고, 안 놀란 척했다.

불현듯 루아의 얼굴이 떠올랐다. 흔들어서 흙탕물로 만들어 버리면 보지 않을 수 있다던 루아. 나는 내내 흙탕물이었다. 그 속에 뭐가 있는지 안 보려고 피했다. 엄마와 아빠가 나를 그렇게 만들었다.

걱정해서라면, 나한테 화를 내면 안 되는 거 아니야?

진짜 걱정이 된다면 엄마한테 말하라고, 가서 보살핌을 받으라고 해야 하는 거 아냐?

아빠는 절대 그러지 않을 것이다. 내가 더 많이 다쳐야 엄마에게 나를 부탁할까? 아니면 내가 다쳤다는 사실이 엄마에게 칼을 쥐어 주는 셈이 될까 봐 더욱 감추려 할까?

"심한 건 아니지? 약 바르면 낫는 거지?"

아빠는 한풀 꺾인 투로 물었다.

"어. 약 바르고 있어."

나는 최대한 감정을 드러내지 않고 대답했다. 다음 주말에는 꼭 집에 오겠다는 아빠의 말을 듣고 알겠다고 대답도 했

다. 전화를 끊는 마지막 순간까지, 나는 내 속을 감추는 데 성
공했다.

아빠에 대한 분노로 끓어오르는 속을.

나는 엄마를 남겨두고 도망치기까지 했는데.

내린 차창 틈으로 엄마의 머리카락이, 뻗어 나온 손가락이
보였는데.

'둘이서만 만나서 얘기하자'고 엄마가 말한 건 9월이었다.
엄마가 나가 살게 된 지 석 달 후였다. 엄마는 살 곳이 정리되
면 나를 데리러 오겠다고 말했고 아빠는 감히 꿈도 꾸지 말라
고 했다.

'해솔이는 여기 있고 싶어 해'라고 아빠가 말하는 걸 내 방
에서 들었다. 아빠가 내게 전화기를 넘길까 봐 너무 무서웠
다. 방문에 기대어, 문밖에서 들려오는 통화를 숨죽여 들으
며, 제발 그런 일이 벌어지지 않기를 기도했다. 전화를 받으
면, 엄마가 물으면 어떻게 대답해야 하나. 아빠는 내 옆에, 엄
마는 전화기 속에. 내가 무슨 말을 할 수 있을까. 해야 하는
말, 해도 되는 말은 무엇인가.

엄마는 아빠 말을 믿지 않았다. 엄마는 나를 직접 만나고 싶어 했다. 전화로도 말고, 직접. 아빠는 없이.

다시 한번 누구와 살겠느냐고 묻기 위해서.

엄마는 당연히 내가 엄마를 선택할 것이라 믿고 있다. 그 래서 물으려 하는 거다.

나는 그 질문을 피해 도망쳤다. 나를 한입에 두 동강 낼 날 카로운 이빨을 드러낸 질문을 피했다.

끓어오르는 분노는 엄마에게 미쳤다. 나까지 데려가면 아 빠는 혼자다. '그 집에 있으면 너 계속 혼자야!' 엄마는 그렇 게 말했었다. 아빠는 바쁘니까, 자주 집을 떠나 있으니까. 그 러니까 아예 혼자가 되게 내버려두라고?

내가 엄마에게 가면 2:1. 그러느니 차라리 혼자인 채로 1:1:1로 있는 게 공평한 거 아닌가?

엄마 아빠의 일이니 너는 너대로 잘 살라는 말도 위로가 되지 않았다. 그래서? 그래 봤자 내가 엄마와 아빠의 자식이 라는 건 변하지 않는데. 다 얽혀 있는데.

나는 최선을 다했다. 아프지 않고, 다치지 않으려고 했다. 그런데 지금은 아프고, 다쳤다. 하지만 내가 뭘 더 어떻게 했어야 했지?

루아의 말을 이해했다.

내가 유리 조각을 주우러 나타난다면 죽고 싶어질 거라던 루아를.

잘못 그은 줄 하나 때문에 책 한 권을 다 찢어 버리고 싶어진다. 누군가에겐 옷깃을 여미면 끝일 얇은 바람에 휘청이다 휩쓸려 가는 내 자신이 싫었다. 고작 이 무게도 감당 못 해 심연으로 끌려가는 내가…….

드르륵. 문자가 왔다. 아빠? 엄마? 아니. 태희였다.

나는 붙잡고 올라갈 단 하나의 동아줄이라도 되는 듯이 문자를 읽었다.

–이번 주말에 경주 갈까 하는데 갈 수 있으면 같이 갈래

물음표도, 마침표도 없었다. 태희는 망설이고 있었다. 그리고 나는 그 망설임을 잡아챘다.

–내일은?

답을 쓰고, 연달아 문자를 보냈다.

–나는 내일 갈래.

–혼자라도.

대답 못 할 질문들과 하지 못할 말들이 내일과 함께 올 것이다. 내일이 안 왔으면 좋겠다. 그러나 내일을 오지 못하게 할 수는 없으니, 내가 떠나야 했다.

박물관으로 도망치는 결론 부족했다. 더 멀리, 더 깊은 곳으로 가 버려야 했다.

6

금요일 오전 7시 반, 고속버스터미널.

엄마 아빠와 여행을 할 때면 기차보다는 주로 고속버스를 탔다. 태희와 루아는 터미널에서 고속버스를 타 보는 게 처음이라고 했다.

"진짜 여행 가는 거 같다."

루아가 신난 어조로 말했다. 당일치기인데 가방이 빵빵했다.

태희는 빈말로라도 기분이 좋아 보이지 않았다. 루아에게 끌려온 것 같은 표정이었지만 겉모습은 누구보다도 여행자 같았다. 기능성 점퍼에 트래킹화까지 신고 있었다.

나는 수첩에 적어 둔 정보를 두 사람에게 알려 주었다.

"경주 가는 건 일반이 없어서 우등으로 타야 해. 돌아오는 버스는 6시 반. 그럼 여기에 9시 좀 넘어 도착할 거고. 괜찮아?"

"그럼."

루아가 흔쾌히 대답했다.

지금부터 밤 9시까지 우리는 정해진 시간과 공간의 틀을 벗어날 것이었다. 나는 연기처럼 피어오르는 걱정과 불안을 애써 무시했다.

우리는 제일 중요한 걸 의논하지 않았다. 집과 학교에 뭐라고 말하고 왔는지, 말을 하긴 했는지.

나는 확실히 무단결석이었다. 아빠에게도 아무 말 하지 않았고, 아예 핸드폰도 껐다.

둘이 어떻게 하고 왔는지는 몰랐지만 짐작되는 건 있었다. 핸드폰 중독이다시피 한 루아가 핸드폰을 손에 들고 있지 않았다. 루아는 그저 신난 것 같았다.

"드디어 얼굴을 보러 간다! 어떤 얼굴을 보고 확신이 들었는지 한번 가서 찾아보자고!"

맞다, 그게 경주에 가는 목적이었지. 도망칠 생각만 해서 얼굴에 대해선 잊고 있었다. 목표와 명분을 앞세우자 약간 마음이 편해졌다.

출발 5분 전에 버스를 탔다. 두 자리는 붙어 있고 한 자리만 따로였다. 혼자 앉는 자리에는 당연히 태희가 앉을 줄 알았는데, 앞서 들어간 태희가 붙어 있는 두 자리 쪽 창가에 앉았다. 루아는 멀미를 한다며 혼자 앉는 자리에 앉고, 자연스레 내가 태희의 옆자리에 앉았다. 태희는 내게 창가에 앉고 싶냐고 물었고, 나는 괜찮다고 했다.

태희와 나란히 앉자 안절부절못하겠는 기분이 들었다. 무슨 말이라도 해야 할 것 같아서 책을 꺼냈다. 도서관에서 빌린 경주 여행책이었다.

얼굴을 보려면 역시 남산이어야 할 것이었다. 바위에 새겨진 불상 사진을 보자 머리가 맑아졌다. 단순해졌다. 우리는 경주에 갈 거고, 남산에 오를 거고, 바위에 새겨진 얼굴들을 볼 것이다.

"일단은 남산에 가야겠지?"

내가 물었다. 태희는 내가 펼쳐 건넨 페이지를 죽 훑어보곤 책을 돌려주며 대답했다.

"난 구체적으로 찾아보진 않았어. 네가 나보다 많이 알겠다. 길 안내해 줄 수 있어?"

"어, 그래."

약간의 부담감과 함께, 길을 잘 찾아내고 싶은 마음이 강렬하게 치솟았다. 태희에게 많은 얼굴들을 보여 주고 싶었다. 아니, 내가 보고 싶었다.

경주 남산에는 올라갈 길이 많았다. 책에서 추천하는 코스는 삼릉에서 출발하여 정상인 금오봉을 지나 용장사 터로 내려오는 길이었다. 중요한 불상을 대여섯 개는 볼 수 있다고 했다. 중간에 험한 부분이 있다지만 그리 높은 산은 아니니까 어렵지 않을 것 같았다. 다행히 날씨가 풀려 추위도 한결 덜했다.

설명과 지도를 읽으며 길을 상상해 보는데, 자고 있는 줄 알았던 태희가 입을 열었다.

"별로면 어떻게 하지. 봤는데, 아무 느낌 없으면."

얼굴을 봤는데도 괜히 왔다고 후회하게 되면? 문득 아득

해지는 기분을 잡으려 애썼다. 얼굴을 찾는 거야. 그리고 보는 거야. 그게 우리의 목표야. 그러고 나서 실망하든 말든, 그건 나중의 문제야.

대화는 짧았다. 태희는 진짜로 잠든 것 같았고 나도 책을 끌어안고 졸았다. 휴게소에서 깨서 호두과자와 물을 샀고, 정오가 되기 전에 경주에 도착했다.

터미널에 내리자 막막했다. 중학교 수학여행 때는 버스가 우리를 이곳저곳으로 옮겨다 주었으니 길도 지형도 의식하지 않았다. 지금은 완전히 달랐다. 건물이 이랬던가? 하늘마저 달라 보였다.

"와 버렸네."

내 심정과 비슷하게, 그러나 정반대의 감정을 담아 루아가 말했다. 루아는 크리스마스 선물을 풀기 시작한 아이처럼 신나 보였다.

"봐 봐, 다 기와다! 주유소 지붕도 기와야!"

루아는 보이는 것마다 신기해하고 감탄했다. 태희는 조용히 하라고 한마디 하고 싶은 듯 입을 벌렸다가 아무 말 없이 도로 다물었다.

우리는 터미널 안의 작은 식당에서 우동을 한 그릇씩 먹고, 김밥을 포장해서 시내버스를 탔다. 남산 등반의 시작점이 될 삼릉이 목적지였다.

출발할 땐 몰랐지만, 문제가 한둘이 아니었어.
지태희는 등산을 해 본 적이 없어. 난 얇은 스니커즈를
신었고. 그리고 이해솔, 너는 발목을 다쳤다는 걸 숨겼지.
게다가 우리는 모두 겨울 산을 만만하게 봤어. 사실 '산'에
가다는 실감도 나지 않았어. 동네 뒷산 같을 줄 알았지.
이름이 '남산'이었던 탓도 있어. 서울의 남산과 비슷할 거
같았거든.
우리가 고른 길이 어려웠던 거 맞지? 거기 뭐야,
안내소에서 받은 경주 관광 지도, 거기에서는 이 코스가
난이도 별 세 개였다고, 다섯 개 중에. 근데도 그랬으니 별
다섯 개 짜리는 진짜 미친 난이도겠네.

등산로 입구의 안내소에서 지도를 챙겼다. 직원은 아주 친절했는데, 정상을 넘어 용장사 터까지 간다는 말에는 조금 당

황한 것 같았다.

"길이 얼었을 건데, 아무리 날씨가 풀렸다고 해도 조심해야 해요. 운동화 괜찮으려나 모르겠네."

"조심할게요!"

루아가 넉살 좋게 대답했다. 루아는 국립공원 스탬프를 자기 손등에 찍었다. 나와 태희에게도 찍어 주겠다고 해서 왼손을 내밀었다. 태희는 질색했지만 찍기는 했다.

"안전 부적 완료! 가자!"

보통 세 시간이면 갈 길이라 했다. 미끄러지지 않게 조심하며 간다 해도 네 시간이면 될 것 같았다.

용들이 꿈틀거리며 하늘로 솟아오르는 것 같은 소나무 숲을 지났다. 세 개의 능 옆으로 걸어 산길로 접어든 지 머지않아 우리는 첫 번째 불상에 도착했다.

양반다리를 하고 앉은, 목이 없는 불상이었다. 왼쪽 어깨 위로는 늘어뜨려 매듭진 끈이 섬세하게 조각되어 있었다. 루아는 석상 앞 설명문의 이름을 하나하나 뜯어 읽었다.

"석조, 여래, 좌상. 돌로 만들었고, 여래가 부처란 거고, 좌상은 앉은 거…… 얼굴은 왜 없지? 아! 박물관에 불상 머리만 있었잖아. 이게 그 몸통인가?"

"그거겠냐."

태희가 한심하다는 듯 대꾸했다.

"왜! 맞을 수도 있지. 내기할래?"

둘이 티격태격하며 등산로를 올랐고 나는 책을 확인하느라 뒤처졌다. 석불 좌상 앞 갈림길에서 왼쪽……. 어! 놓친 게 있었다. 나는 루아와 태희를 불렀다.

"잠깐, 잠깐. 이거, 이 근처에 하나 더 있대."

좌상에서 위쪽 편의 가파른 바위를 기어 올라가자마자 나무에 가려진 불상이 나타났다. 기둥처럼 솟은 바위에 새겨진 부처였다.

"와, 이거 멋있다! 안 보고 갔으면 큰일 날 뻔했어."

내 마음처럼 루아가 말했다.

삼릉계곡 마애관음보살상. 바위에서 걸어 나오고 있는 것처럼 부조로 새겨진 상이었다. 키도 얼굴도 딱 그냥 사람 같았다.

"저기 입술이 붉은 듯하잖아, 저거는 칠한 거 아니고 자연 암석을 그대로 이용한 거래."

나는 책에서 정보를 찾아 읽었다. 어디가 붉은지는 잘 안 보였지만 이 불상의 얼굴은 마음에 들었다. 섬세하고 부드러웠다.

태희는 묵묵히 그 얼굴을 올려다보았다. 나는 부처의 얼굴보다 태희의 얼굴을 더 자세히 살폈다. 태희가 무엇을 생각하는지 궁금했다.

얼마 올라가지도 않아 두 개나 발견했으니 시작이 좋았다. 들뜬 기분으로, 등산로로 돌아가기 위해 바위를 내려디디는데 왼쪽 발목이 지끈, 아팠다.

헉!

티를 내지 않으려고 입술 안쪽을 깨물었다. 루아와 태희에게 발목이 아프다는 걸 절대 들키고 싶지 않았다. 걱정 끼치기 싫었고, 이 길에 한 점의 흠집도 내고 싶지 않았다.

나는 신중하게 발을 디뎠다. 맨 앞이라 얼굴을 보이지 않을 수 있어 다행이었다.

"어? 저거 불상이야? 와, 미쳤다!"

루아가 나를 앞질러 길을 달려 올라갔다.

집 한 채만 한 바위를 화폭 삼아, 선을 새겨서 그린 여섯 부처였다. 선각육존불. 바위를 깎아 낸 조각과는 또다르게 신기하고 아름다웠다. 그 바위는 너무 커서 거인이 웅크리고 있는 것처럼 보였다. 그렇다면 저 돌 그림은 거인의 등에 새긴 것일 터였다.

루아는 카메라를 가져올 걸 그랬다며 안타까워했다.

"핸드폰도 못 켜고…… 괜히 켰다가 위치 추적이라도 되면 우리 여기 온 거 다 알 거 아냐. 지태희, 너 뭐 안 가져왔어?"

태희가 가방에서 핸드폰을 꺼내 루아에게 건넸다. 공기계라고 했다. 루아는 신나게 바위와 우리를 찍고 셀카도 찍었다.

둘이 바위를 살펴보는 동안 나는 다음 올라갈 길을 찾았다. 그런데 책에는 육존불이 새겨진 바위 위로 올라가라고 되어 있었다.

"진짜? 길 표시도 없는데?"

태희는 의심스러워했다. 우리 옆에서 육존불을 보던 사람들은 다 왔던 길로 내려가 계곡 옆 등산로로 돌아갔다. 내가 생각하는 길로 올라가는 사람은 아무도 없었다.

"책에도 그렇고, 아까 안내소에서 받은 지도 뒤에도 설명이 그렇게 나와 있어."

"가자, 가자. 해솔이 말이 맞겠지."

루아는 당연하다는 듯 나를 앞세웠다.

바위 위로 기어가듯 오르자 가파르고 좁은 길이 나왔다. 점점 자신이 없어졌다. 내려오는 사람도 없고 우리를 따라오는 사람도 없었다. 돌아가야 하나 싶은 마음이 돌아가야 한다로 바뀔 때쯤이었다. 나뭇가지 사이로 거대한 바위 중간에 새겨진 부처가 보였다.

얼굴과 손만 얕은 돋을새김이고, 몸은 아래 여섯 부처처럼 바위에 선만 새긴 선각이었다. 얼굴 모양은 우스꽝스러우면서도 친근했다.

"이 얼굴은 또 뭐야?"

루아가 웃음을 터뜨렸다.

"얼굴 새기고 지쳐서 아래쪽은 포기했나 봐."

그래도 귀여웠다. 이걸 만드는 데 얼마나 오래 걸렸을까. 매일 오갔을까, 아니면 이 앞에서 먹고 자면서 새겼을까? 얼마나 많은 사람들이 저걸 봤을까.

"여기까지 오는 사람들 별로 없겠다. 이러다 이거 잊히면 어떻게 해?"

루아의 말에 내내 말이 없던 태희가 입을 열었다.

"잊히는 기준이 뭐야? 단 한 사람이라도 기억하고 있으면 잊힌 게 아니야."

"아니지, 그 사람이 아무에게도 말 안 해서 다수의 사람이 모른다면 잊힌 거지."

루아가 대꾸했다. 그 말에 남산을 찾아보다 읽은 기사가 떠올랐다.

"남산에 있는 불상이 아직도 다 밝혀진 게 아니랬어. 기사를 봤는데, 얼마 전에도 부처상이 발견됐대. 등산객이 어쩌다 바위 틈새를 들여다봤더니 부처의 얼굴이 보였다는 거야. 바위가 엎어지는 바람에 가려진 거였어."

"아직도 못 찾은 거 있을지도 모르겠네! 야, 우리 찾아보자!"

루아는 바위를 다 뒤집어 볼 기세였다.

우리는 물을 마시고 초코바를 먹었다. 다음 불상을 찾아 이동하려는데, 역시나 길이 헷갈렸다. 좁은 샛길은 여럿이었고 길을 알리는 설명은 모호하기 그지없었다. 나는 길 같지 않은 좁은 길 앞에서 망설였다.

"오른쪽으로, 좁은 산길이라는데. 그럼 여긴가?"

"저쪽 아냐?"

루아가 비스듬히 내려가는 길을 가리켰다.

"근데 이 코스가 정상까지 죽 연결되는 거거든. 그럼 위로 올라가야 할 것 같은데."

"이해솔 말 들어."

내 말이 끝나자마자 태희가 딱딱하게 말했다.

"아아, 그렇지. 내가 뭘 알겠어. 따라가야지. 이해솔! 앞장 서, 너만 따라갈게!"

루아는 천연덕스럽게 자기 말을 물렀다.

"아니, 나도 확실히 아는 거 아닌데."

길을 모르는 건 셋 다 마찬가지였지만 책이 내 손에 있었다. 내가 결정을 내려야 했다.

"이쪽으로 가자."

나는 위로 올라가는 길을 선택했다. 방금도 걱정했는데 불상이 나오지 않았던가. 가다 보면 또 나올 거라고 믿었다.

길은 점점 험해졌다. 바위틈으로 난 나무를 붙들고 기어가다시피 올라야 했다. 30분이 넘자 불안해졌다. 한 걸음마다 의심과 후회가 따라붙었다. 이 길이 맞나? 아닌가? 발목의 통증을 잊을 정도로 긴장이 됐다. 분명 사람이 다닌 흔적은 있는데 한동안 발길이 닿지 않은 것처럼 낙엽이 쌓여 있었다.

웃긴 얼굴의 불상 앞으로 돌아가서 다시 길을 찾자고 제안하고 싶었지만, 뒤돌아보자 아찔했다. 이 가파른 바위 길을 내려간다는 게 엄두가 안 났다.

방법은 하나뿐이었다. 앞으로, 위로 가는 것.

난 길을 알고 있었어. 너와 지태희는 내가 머리 비운 채로
따라왔다고 생각했겠지만, 새벽까지 블로그들을 찾아
읽어 봤거든. 등산로 사진이랑 설명 같은 걸 봤지. 우리가
길이 갈렸던 거기, 그 얼굴만 튀어나온 불상이 하도
웃기게 생겨서 기억하고 있었어.
거기서 옆길로 빠질 때 위가 아니라 계곡 쪽으로
내려가야 한다는 말도 기억났어. 헷갈리니까 주의하라고
하더라.
그래서 말했던 건데, 둘 다 안 믿었지. 그래, 내가 뭐 믿을
만한 인간은 아니니까.

알아, 네가 나를 좋게 생각한다는 거.

하지만 믿진 않잖아.

언제나 그래. 누구도 날 믿지 않아. 내가 그렇게

행동해서겠지, 내가 그런 애니까겠지.

그래, 그럼 같이 한번 길을 잃어 보자 싶었지. 길을

잃어도 상관없었어, 차라리 더 좋았어. 길을 잃고, 헤매고,

답은 없고. 나한테만 답이 없는 게 아니라 모두에게

없고. 다 같이 자기 꼬리를 잡으려 애쓰는 강아지처럼

제자리걸음을 하는 상황 말이야.

난 그냥 네 뒤를 따랐어. 틀린 길로, 올라갔지.

"일단, 위로 가고 있는 건 맞거든. 하늘이 가까워지고 있으니까."

나는 최대한 긍정적인 태도로 말했다. 속으론 초조해 죽을 거 같았다. 불상이고 뭐고, 사람들이 다니는 길이 나타나기만을 바랐다.

산에서는 해가 빨리 진다. 길을 못 찾고 해가 지면 어떻게 되는 거지? 핸드폰을 켜서 119에 구조 요청이라도 해야 하

나? 일이 커질 것 같은 불길한 예감에 식은땀이 났다.

"산에서 길 잃은 사람은 정상 근처에서 발견된다더라? 자기들은 밑으로 내려갔다는데 위로 가게 된대. 도깨비에게 홀린 것처럼. 이 산에 도깨비 있을 거 같지 않아? 영험한 그런 느낌?"

발랄한 루아의 목소리가 뒤에서 들려왔다. 조금도 걱정은 하지 않는 것 같았다.

"길 잃은 거지?"

태희가 확인하듯 물었다. 우리는 바위 위에 아슬아슬하게 멈췄다. 가냘픈 나무 몇 그루 너머로는 낭떠러지였다. 태희는 도로 내려가자고 말했다. 불상이 있는 데까지, 아니면 더 아래로 내려가더라도 사람들이 다니는 등산로를 찾자고 했다.

루아는 반대했다.

"그건 아니지! 여기도 길은 길이잖아. 가다 보면 어떻게든 될 거야. 난 지금 이 길도 맘에 들어. 새롭고 좋잖아."

너무 긍정적이어서 도리어 신뢰가 안 갔다. 전혀 걱정하지 않는 것 같은 루아를, 태희가 집요하게 쳐다보았다.

"이 길 아니지? 너 알고 있지?"

태희가 단언하듯 물었다. 루아는 태희의 눈을 피했다. 아니라고 하지 않았다.

나는 얼떨떨했다. 루아가 길을 알았다고? 여기가 정말 아니라고?

"서루아, 뭐야? 너 길 알아?"

루아는 곤란한 듯 입가를 매만졌다.

"안다고 해야 하나. 지금은 몰라. 아까 그 불상 앞에서는 알았는데."

황당했다. 루아가 자기가 길을 안다고 확실히 말했으면 당연히 그리로 갔을 거였다. 그런데 루아는 날 따라서 틀린 길로 온 거다. 도대체 왜?

"알면서 모르는 척한 거야?"

태희가 버럭 소리를 질렀다.

"저쪽 같다고 말했는데 네가 아니라며. 나는 틀렸다며?"

루아는 장난치듯 가볍게 태희 탓을 했다. 태희는 이를 악물었다. 턱이 부들부들 떨렸다.

"또 그랬어. 알면서. 다 알면서, 모르는 척했어."

태희의 목소리가 떨렸다. 루아의 웃는 얼굴이 굳었다.

"또? 뭐가?"

내 질문은 허공에서 흩어지고, 태희는 씹듯이, 뱉듯이 말했다.

"너는 언제나 그딴 식이야. 내가 우습냐? 네 손 안에 쥐고 흔드는 거, 재밌어?"

"내가 언제 널 쥐고 흔들었다고⋯⋯."

두 사람은 길에 대해서 말하는 게 아니었다. 다른 이야기를 하고 있었다. 내가 모르는, 둘만의 역사에서 비롯된 이야기를.

시야가 흐려졌다. 아빠와 엄마 사이에서 옴짝달싹 못 했던 때도 이랬다. 서로에게 날을 세운 두 사람. 내가 보이지 않는 것처럼 싸우는 두 사람. 그 사이에 낀 나는 아무것도 하지 못하고.

익숙한 무력감이 나를 짓눌렀다.

아니다. 이 둘은 다르다.

나는 지금에 초점을 맞추려 애썼다.

"지태희, 그만해. 아까 서루아가 다른 길 얘기했는데 너랑 내가 이쪽으로 선택한 거잖아. 서루아 탓이 아니야."

내 존재를 잊고 있었던 것처럼, 태희가 흠칫 놀라 발을 뒤로 끌었다. 두둑, 작은 돌들이 바위 아래로 구르고, 태희가 살짝 균형을 잃었다. 나는 놀라 태희의 손을 잡아끌었다.

"조심해!"

"놔!"

태희가 내 손을 뿌리쳤다.

태희는 지금까지 본 적 없는 표정을 짓고 있었다. 당장이라도 낭떠러지 아래로 몸을 던질 것처럼 일그러진 얼굴이었다.

루아는 물끄러미 태희를 바라보고 있었다. 웃음 없이, 분주히 자신을 가리는 말과 행동 없이.

나는 알고, 내가 안다는 것을 지태희는 알고,

나는 모르는 척하고, 내가 모르는 척하는 것을 지태희는 알고,

지태희가 안다는 것을 나는…….

7

도망가고 싶었다. 으레 그랬듯 피하고 싶었다. 그러나 이 길에 도망갈 곳은 없고, 선택지는 둘뿐이었다. 바위 위로 올라가거나 가파른 길에서 굴러 떨어지거나.

"일단 올라가자. 그게 낫겠어."

나는 태희를 앞세웠다가 태희가 미끄러지기 딱 좋은 엉뚱한 자리만 밟는 걸 보고 다시 앞으로 나섰다. 그러고도 계속 뒤를 돌아보며 태희가 맞게 오는지 확인했다. 태희는 입을 다물고, 귀와 눈마저 닫은 것처럼, 끈이 하나만 남은 꼭두각시 인형처럼 불안하게 산길을 올랐다.

루아는 조금 느리게 올라오고 있었다. 넋이 나가 보이는 건 루아도 마찬가지였다.

나는 아픈 발목에 신경을 집중했다. 새끼발가락 쪽으로 무게가 실리지 않도록, 뾰족한 바위를 밟지 않도록. 앞과 옆을 두리번거리는 걸 멈추고 땅만 봤다.

길이 가팔라서 차라리 다행인가. 기어 올라가다시피 하는 길에서는 생각을 지울 수가 있었다.

묵묵히 오르고, 또 오르고.

마침내 인간의 흔적이 보였다. 난간처럼 쳐 놓은 줄이었다. 줄을 넘어 등산로로 돌아왔다. 줄에 '생태 복원을 위해 출입을 금지합니다'라는 경고가 붙어 있었다. 우리는 우리도 모르는 사이에 들어가선 안 되는 곳에서 헤매고 있었던 것이다.

바위에 앉아 찬바람을 맞으며 김밥을 먹었다. 추웠지만 배가 고팠고 계란이 많이 든 김밥은 그 와중에도 맛있었다. 밥 먹는 내내 아무도 아무 말도 안 했다.

잊고 있던 발목의 통증이 돌아왔다. 나는 가방으로 다리를 가리고 천천히 발목을 주물렀다.

"서루아."

나는 루아를 불렀다. 어떻게 길을 알았냐고 물으려 했다.

"어?"

멍하니 김밥을 씹고 있던 루아가 고개를 들었다. 길 잃은 어린아이 같은 얼굴이었다.

아, 모르겠다. 나는 질문을 단념하고 책을 들여다봤다. 길을 잘못 든 탓에 봐야 할 불상 몇 개를 놓쳤다. 나머지는 넘어간다 쳐도 하나가 아까웠다. 남산의 좌불 중에서 제일 크다는 삼릉계곡 마애석가여래좌상이었다.

"이거, 못 보고 지나쳤는데. 어쩌지."

나는 책을 내밀고 태희에게 물었다. 태희의 멍한 눈동자가 책에 머물렀다.

"돌아가는 건 좀 무리겠지?"

태희가 고개를 끄덕였다. 루아는 아예 대화에 참여를 안 했다.

짐을 챙겨 다시 일어났다. 정상을 찍고 내려가는 길에 불상이 몇 개 더 있으니까…… 됐다. 보든 말든 상관없어졌다. 나만 조급하고, 나만 불상을 찾는 데 집착하고 있는 것 같았다.

빨리 끝내 버리고 싶었다.

……둘이 왜 그랬는지 나는 절대 알 수 없을 것이다. 우리는 셋이 아니었다. 저 둘에 더해진 하나. 떨어져 나와도 별 상관없을 군더더기. 나머지.

점점 머리가 뜨거워졌다.

나는 기대했었구나. 둘에게 기댔었구나.

그러지 말았어야 했다. 이건 결국 내 탓이다.

정상을 향해 능선을 걸었다. 빨리 이 길을 헤치워 버리고 싶은 마음으로 아픈 발목을 의식하며 똑바로 걷고 있는데, 어디선가 목탁과 음악 소리가 들려왔다.

"이게 무슨 소리지?"

나는 멈췄다. 루아와 태희도 두리번거렸다. 길 옆 넓은 바위 위로 올라가자 탁 트인 시야 아래쪽으로, 골짜기 건너편 바위 봉우리가 모습을 드러냈다. 웅장한 바위 위에 부처가 새겨져 있었다. 못 볼 거라고 포기했던 바로 그 불상이었다.

"저거! 우리가 놓친 건데! 이쪽에서 보이네!"

목소리가 절로 높아졌다. 태희가 내 옆으로 바짝 다가왔다.

"뭐야? 맞게 온 거야?"

"아니! 길은 다른데 여기서도 보이는 줄 몰랐어!"

삼릉계곡 마애석가여래좌상. 얼굴과 어깨는 섬세하게 조각한 것이고, 몸은 절묘하게 바위로 이어졌다. 바위가 있고 나중에 부처를 새긴 게 아니라, 처음부터 하나로 계획된 것처럼 자연스러웠다. 부처상의 비스듬한 옆모습 너머로는 경주의 넓은 들판이 내려다보였다.

겹겹이 채워지고 트인 풍경. 사람이 만든 것과 만들지 못한, 만들 수도 없는 무엇. 여기까지 오지 않으면 절대 보지 못했을 모습이었다.

나를 옭아매고 있던 고통이 순간 옅어졌다. 옆에 누가 있는지를 잊었다. 누가 언제 어떻게 저걸 만들었는지, 고청이 저걸 보고 뭘 느꼈을지 하는, 답을 찾아야 하는 질문들도 잊고 여기 온 이유까지도 잊고 그저 바라보았다.

"아름답다."

루아의 말에 퍼뜩 정신이 들었다. 루아는 진지한 얼굴로 그 풍경을 보고 있었다.

"직접 보니까 다르긴 다르네. 얼굴은 모르겠는데, 여기, 전체 다 합쳐서 보니까."

태희가 중얼거렸다.

"우리 같은 사람이 있었겠지? 이런 석불이 있는 줄 모르고 산을 오르다가 처음으로 마주친 사람."

내가 말했다. 한번 발견되고 끝인 게 아니었다. 모르는 얼굴들이 마주할 때마다 새롭게 발견되는 거였다. 방금 우리가 그랬듯이.

"하아……."

태희가 긴 한숨을 내쉬었다. 눈을 감았다 뜬 태희는 한결 나아 보였다. 나 역시 그랬다.

아까의 그 다툼은 잊기로 했다. 나 또한 모른 척하는 건 잘하니까. 해결할 수 없는 문제에서는 눈을 돌린다. 답할 수 없는 질문으로부터는 도망친다. 이렇게 정리하니 차라리 명쾌했다.

금오봉까지는 쉬웠다. 정상을 알리는 비석 앞에서 사진을 찍고, 우리는 내리막길로 접어들었다.

그리고 지옥의 길이 시작되었다.

올라가는 것보다 내려가는 게 더 어렵다는 얘기는 엄마와 산에 갈 때마다 들었다. 그래도 별로 느껴 본 적은 없었다. 그런데 지금은, 내려가는 한 걸음마다 발목에 바늘을 쑤시는 것처럼 아팠다.

이게 이렇게 아플 일인가? 덜컥 겁이 났다. 나는 맨 뒤로 빠졌다. 어차피 내려가는 길은 하나라서 길을 찾을 일도 없었다.

길은 가파르고 험한 데다가 군데군데 얼어 있어 미끄럽기까지 했다. 그 험한 길을, 루아는 맨 앞에서 다람쥐처럼 빠르게 지났다. 계속 헛딛고 휘청거리는 게 너무 아슬아슬했다. 바로 옆이 낭떠러지인 곳에서도 루아는 아랑곳없이 뛰었다.

"야! 서루아! 뛰지 마! 천천히 가라고!"

태희가 소리를 버럭 질렀다.

"아…… 이렇게 가는 게 덜 힘들어서."

루아는 지친 얼굴로 돌아보았다.

다시 싸움을 시작할 건가. 그러거나 말거나 내게도 여유가 없었다. 나는 조금이라도 쉴 시간을 벌기 위해, 가방에서 책을 꺼내 방금 우리가 도착한 절벽 끝 삼층석탑에 대한 설명을 큰 소리로 읽었다.

"보통 석탑은 기단이 있고 그 위에 층을 쌓는 건데 기단이 따로 없는 건 남산 전체가 이 석탑의 기단이라 그렇대."

루아는 석탑의 사진을 찍었고, 우리는 다시 움직이기 시작했다. 내가 뒤처지자 태희가 멈춰 나를 기다렸다. 그러지 말았음 했다. 내가 걷는 걸 보지 않기를 바랐다.

그러나 태희의 눈을 속일 수는 없었다.

"이해솔. 너 다리 아파?"

"어…… 좀."

작게 대답했는데도, 혼자 10미터는 앞서 내려가던 루아가 돌아보았다.

"왜? 이해솔! 어디 아프다고?"

루아는 빠르게 길을 도로 올라왔다. 나는 아까 올라올 때 무리했나 보다고 얼버무렸다. 루아는 지팡이로 쓸 만한 나뭇가지를 찾아주었고 태희는 내 가방을 받아 갔다. 괜찮다고 했지만 태희는 듣지 않았다.

지팡이를 짚었어도 나아질 게 없었다. 이를 악물고 버텼지만 두세 걸음마다 멈추게 되었다. 아픈 쪽 발목에 힘을 싣지 않으려다 보니 다른 쪽 다리와 허리까지 아파 왔다.

"안 되겠다. 발목 좀 봐 봐."

대나무가 우거진 길에서 태희가 날 멈춰 세웠다. 산은 섬뜩하도록 고요했다. 대나무는 너무 푸르고, 숲 안쪽은 아직 눈이 남아 있어 희었다. 천마나 구미호 같은 전설 속의 동물이 나타나도 이상하지 않을 것처럼 비현실적이었다.

태희의 재촉에 나는 바지를 걷고 양말을 내렸다. 퉁퉁 부은 발목이 드러났다.

루아와 태희는 말을 잃었다. 나도 마찬가지였다. 이렇게 부어 있을 줄은 몰랐다. 압박붕대를 감았어야 했다. 안 보이게 감춰야 했다.

"너 지난번에 수조 때문에 넘어졌을 때 그때 발목 다쳤어?"

루아는 눈치가 너무 빨랐다.

"아니야, 원래 이쪽 발목이 좀 약한데, 그때 말고 나중에 접질려서, 그래서……."

"너 진짜!"

루아가 화를 터뜨리듯 소리를 질렀다. 거의 동시에 태희가 루아를 막았다.

"네가 뭐 잘한 게 있다고 화를 내?"

"뭐?"

어이없어 하는 루아를 태희가 노려봤다.

"네가 수조 가지고 일을 벌여서 이렇게 된 거잖아. 네 책임
이야!"

"야, 지태희. 오버하지 마. 어쩌다 다친 건데 무슨 책임까
지……."

나는 태희를 막으려 했지만, 루아는 이미 꼭지가 돌았다.
루아로서도 오래 참은 거였다.

"그래, 다 내 잘못이다. 내가 잘못해서 이해솔이 다쳤다.
아, 더 할 말 많지? 다 묶어서 한 번에 터뜨려. 할 말 많을 거
아냐? 이렇게 사사건건 트집 잡아 사람 피 말리지 말고!"

"내가 피를 말려? 누가 할 얘긴데! 너 때문에 숨 막혀!"

태희의 부르짖음이 대나무숲을 울렸다.

"모른 척하지 말라고…… 그게 더 싫다고."

태희는 거의 울먹이고 있었다.

"내가…… 엄마 때문에 여기 온 거, 너 알잖아."

그건 루아 아닌 나도 아는 거였다. 엄마가 신라의 얼굴들
을 보러 경주에 간 적도 있다고, 태희가 내게 말했었다. 그런

데 그 말을 왜 저렇게 할까. 저렇게 절박하게.

너 그거 반칙이었어. 왜 그 순간에 그 말을 했어? 그
얘기는 안 하기로 했잖아.

손가락 걸고 한 약속은 아니었지. 그래도, 너 알았잖아.

너무 무거워서, 복잡해서, 손을 댈 수도 입을 열 수도
없었던 건데.

그렇게 숨 막히게 싫었으면 네가 진작 먼저 말해도 되는
거였잖아?

그런 순간 말고. 아무것도 모를 이해솔 앞에서 말고.

……아니. 완벽한 장소와 타이밍이었나. 산속. 대나무숲.

여기서 하는 이야기들은 다 대나무들이 듣고, 바람이 불
때마다 들려주겠구나. 그래서 다 퍼져 나가는 거겠네.

그걸 바랐던 거야?

"모르는 척하면 안 되는 거야?"

루아가 물었다. 루아는 웃지 않았다. 표정 없는 루아의 얼
굴은 낯설었다.

"속으론 다른 생각하고 있으면서, 딴소리나 하고……."

태희의 목소리가 작아졌다. 바람 한 점 없는 숲. 대나무숲은 시간이 멈춘 듯 잎사귀 하나도 움직이지 않고.

나라고 알고 싶어서 아는 게 아니었어. 뭘 많이 아는 것도 아니야.

그저 얼굴을 본 것뿐인데.

중2 때였어. 학원에 있는데, 어떤 애가 와서, 밖에서 누가 지태희를 찾는다고 했어. 그런데 안 보인다고. 그 얘기를 나한테 하더라? 솔직히 짜증이 났던 거 같아. 언제나 그랬거든. 아이들도, 선생님도 다 나한테 와서 태희를 찾아. 태희 어딨니. 이거 태희 줘라. 태희 이번에 시험 잘 봤더라?

우리가 샴쌍둥이라도 되는 것처럼.

우리는 너무 다른데. 내가 지태희냐고 따지고 싶은 심정이었어.

그날도 그랬어. 모른다고 하고 넘어갔으면 차라리 나았을까. 나는 짜증이 난 채로 1층까지 내려갔어. 1층

로비에, 어떤 여자가 서 있었는데.

장난을 치고 싶어졌어. 약간 미친 거지. 내가 원래

그렇잖아.

제가 지태흰데요.

그렇게 말했어. 그 사람의 얼굴이 희한하게 일그러졌어.

아…… 잘못 찾아왔나 봐요.

그 말을 듣곤 내가 실수를, 아니 잘못을 했다는 걸 알았어.

그 사람은 이걸 전혀 장난으로 받아들이지 않는 것

같았거든.

앗, 저 태희 친군데요, 태희가 안 보여서 대신 내려왔어요.

근데 누구세요?

그 사람은 살짝 웃었어. 태희 친구냐고 상냥하게

되물었고, 시계를 봤고, 태희에게 전해 주라며 작은

종이가방을 맡겼어. 그러곤 돌아섰지.

나는 그 사람이 누군지 별로 안 궁금했어. 좀 이상했을 뿐.

누가 너한테 이거 주라는데.

올라가니까 지태희가 자리에 있더라. 지태희에게 가방을

줬지. 지태희는 평소처럼 썩은 얼굴로 가방을 열어

봤어. 쪽지와 얇은 종이로 둘둘 말린 작은 뭉치가 들어 있었고, 종이를 풀자 작은 탈이 나왔어. 내가 탐냈던, 그 경주 할아버지가 만든 것과 같은 종류의 탈. 신기했지. 평범한 먹거리나 학용품 같은 거였으면 안 물어봤을 건데, 그거여서 물어봤어. 쪽지를 읽고 있던 지태희에게.

누군데?

지태희는 고개를 들었고, 나를 똑바로 바라봤어. 뭔가에 화가 난 것처럼, 내가 바로 그 화의 원인인 것처럼, 화를 터뜨리는 것처럼, 대답하더라.

엄마야.

식은땀이 났어. 나는 지태희 엄마를 아는데. 지난 10년 간 나와 태희와 우리 엄마와 태희네 엄마가 같이 찍은 사진이 수백 장이 있는데.

그래, 모르는 척했다. 더 물어보지도 못했다. 뭘 어떻게 물어봐? 무슨 사연이냐고? 지금 엄마는 뭐냐고?

내가 어떻게 그래?

……아플 거 뻔히 아는데.

태희는 바위에 앉아 두 손으로 얼굴을 감싸 쥐었다. 신음 같은 말이 손가락 사이로 빠져나왔다.

"나도 알아. 너한테 별 잘못 없다는 거. 원망하면 안 된다는 거. 그래도 생각이 나. 나를 끝까지 찾아내지. 못 그랬으면, 그냥 내려가지 말지. 보지 말지. 나도 모르는 그 얼굴을, 너는 알아."

태희가 말을 멈추자 산의 고요함이 귀를 먹먹하게 했다. 이야기가 우리의 발목을 잡았다. 아무 데도 가지 못하고, 이 산에 붙들려 뿌리내리게 될 것 같았다.

"……여기서 살 건 아니겠지."

나는 태희를 일으켜 세웠다. '모르는' 나만이 할 수 있는 일이었다.

출발했다. 오래가진 못했다. 나는 발목이 아파 자주 멈춰야 했고, 그때마다 태희는 이야기를 들려주었다. 마치 자기가 이야기를 하고 싶어서 나를 멈춰 세운 것처럼.

태희의 지금 엄마는 원래 엄마의 언니라고 했다. 태희는 네 살 때부터 지금 엄마와 살았다. 원래 엄마는 그 뒤로 본 적이 없었다. 원래 엄마가 태희를 찾아온 것은 중학교 2학년 때가 유일했다. 루아가 대신 나가 만났을 때.

"애 헷갈린다고, 나중에 어른 되서나 만나라고 그랬대."

태희는 엄마를 기억했지만 그 기억은 점차 흐려졌다. 어른들은 철저하게 사진을 숨겼고 태희는 적응했다. 엄마라고 하면 당연히 지금의 엄마였다. 옮겨 심어진 게 아니라 처음부터 이쪽에서 싹을 틔웠던 것처럼 살았다.

"그 책, 『마지막 신라인』. 그 책이 집에 있는 걸 초등학교 5학년 때 알았는데…… 엄마 친척이라고 해서 신기했어. 엄마 쪽 친척이 별로 없거든. 외할아버지 외할머니 다 내가 태어나기 전에 돌아가셔서 이모할머니만 있어. 엄마의 이모. 그랬는데, 자서전이 있는 친척이 있다니 신기했지. 자꾸 펼쳐 봤어. 그 할아버지가 만든 작은 탈도 집에 있어서 꺼내다 방에 걸어 놨고. 이사하고 집들이 할 때 이모할머니가 왔었는데, 내가 탈도 걸어 놓고 책도 책상에 꽂아 둔 거 보고 그러더라. 네 엄마도 그 경주 선생한테 관심 많더니 너도 그러냐고. 네 엄마는 고등학생 때 혼자 경주도 가고 그랬다고. 나는…… 반가웠지. 엄마도 나처럼 이 이야기가 좋았나. 이 사람이 궁금했나."

그래서 태희는 엄마에게 고청에 대해 계속 물어봤다고 했다. 엄마는 잘 기억이 안 난다고 했지만 태희는, 엄마가 관심 있어 했던 것에 자기도 관심이 있다는 걸 전하고 싶었다.

　자신이 분명히 이쪽에 속해 있다는 것을 알리기 위해. 엄마와 아빠에게, 자기 자신에게 확신을 주려고.

　"근데, 그때 학원에서 탈을 받고 알았어. 쪽지에 쓰여 있더라. 반갑다고, 자기도 너만 했을 때 관심을 가지기 시작했다고…… 나중에 경주도 가 보라고, 남산 석불들 보면 재밌을 거라고."

　경주에 관심이 있었던 것은 '그쪽' 엄마였다.

　"엄마는 관심도 없고 잘 모르는데, 경주에 따로 간 적도 없는데. 그…… 엄마가 그랬던 건데. 나는 그것도 모르고 자꾸 물었던 거야. 너무…… 쪽팔리고. 미안하고."

　……화가 나고.

　"내가 잘못 알고 있었으면, 엄마가 바로잡았어야 하는 거잖아. 더 실수하지 않게 막아 줬어야 하는 거잖아. 나는, 엄마가 좋아할 줄 알고 그렇게 물어봤던 건데. 엄마와 가까워지고 싶었던 건데. 거꾸로였어."

탈과 쪽지를 받았다는 것을, 태희는 지금 엄마에겐 숨겼다. 갑자기 관심을 거두면 이상해 보일까 봐 방에 걸어 둔 탈은 그대로 두었다. 그러면서 엄마가 그걸 보고 무슨 생각을 할지 끊임없이 의식했다.

"박물관에 갔을 때는 별 느낌이 없어서 차라리 안심했어. 나는…… 다르구나 하고."

태희는 달라야 했다. 태희의 엄마가, 그러니까 지금 엄마가 자주 하는 말이었다. 참 다르구나.

"무심코 하는 말인 거 알아. 근데 꼭 잘할 때만 그렇게 말해. 시험 성적이 잘 나오면, 방 정리를 잘하면, 하다못해 밥을 안 남기고 먹으면."

다르다는 말의 비교대상이 누구인지는 확실했다.

"이번에 시험…… 어. 망쳤지. 근데 엄마가, 괜찮다고 하더라."

내가 짚고 있던 막대가 부러졌다. 루아가 새 지팡이를 찾아주었다.

"다르지 않아도 괜찮다는 말로 들렸어. 실망한 것처럼 들렸어. 아니, 그럴 줄 알았다는 말로."

한쪽에 속한다는 것을 보여 주기 위해서는 다른 쪽을 거부하고 부정해야 한다. 나도 잘 아는 얘기였다.

"여기까지 와서 아무 느낌 없으면 다른 거라 생각했는데…… 아닌가? 여기로 오기로 했을 때 이미 똑같다는 걸 증명한 건가?"

태희는 어느 순간 입을 다물었다. 충분히 말을 했는지, 아니면 너무 지쳐서. 발목을 다치지 않았다 해도 멀고 험한 길이었다. 루아도 다리에 힘이 풀렸는지 휘청거렸다.

내려가는 것만으로도 벅차서, 싸울 힘도 없고, 남이나 자신을 탓할 힘도 없고, 이 길이 끝나기만을 바라는 마음으로 우리는 아무 말이나 했다.

"야…… 택시 불러, 제발. 여기까지 택시 안 올까?"

"가위바위보해서 업고 가기 하자."

"딱따구리 소리 들려? 딱따구리는 나무를 쪼아 댈 때 꼭 눈을 감는대. 안 그러면 쪼는 힘 때문에 눈알이 튀어나올 수도 있대."

"진짜 유용한 정보다."

우리는 그냥 웃었다. 이 와중에도 웃음이 나왔다. 어이없어서, 막막해서, 꿈꾸는 거 같아서.

발에 채이는 돌. 미끄러운 흙길, 시야를 가린 나무들과 땅을 가린 낙엽. 지금 이 순간이 너무나 생생해서 다른 것들은 역사 속에 나오는 에피소드처럼 멀게 느껴졌다. 혹은, 손에 잡힐 것처럼. 너무 막막하고 눈 감고 싶어지는 혼란이 아니라 손에 쥐어진 미니어처 모형처럼 느껴졌다. 샅샅이 살피고, 이해하고, 받아들이거나 버릴 수도 있을 것 같았다.

마침내 우리는 평지에 도착했다. 설잠교였다. 다리 앞에서 한 번 더 쉬었다. 루아는 다리 설명을 읽고는 설잠이 매월당 김시습의 법호라고 알려 주었다. 김시습이 이 산에서 『금오신화』를 썼다고 했다. 우리는 다시 걸었다. 산을 빠져나가려면 계곡 옆으로 이어진 길을 한참 더 걸어야 했다.

"아, 왜 이렇게 헷갈려?"

루아가 버럭 소리를 질렀다. 평지인데도 길과 길 아닌 곳의 경계가 분명하지 않아서 맞게 가고 있다는 확신이 안 들었다.

하늘에 붉은 기운이 감돌았다. 하늘빛은 아직 밝았지만

나무 그늘이 짙어지고 있었다.

"해가 지기 전에 가야 해!"

태희가 내 팔을 꽉 잡았다.

태희와 루아는 양쪽에서 나를 부축했다. 바닥은 여전히 돌 투성이어서, 잘못 디딜 때마다 발목에 못을 꽂는 듯 아팠다. 한 걸음마다 어둠이 짙어졌다.

드디어 흙길과 먼 마을이 보였다. 숲을 빠져나와 마을로 들어서는 작은 다리를 건널 때 루아가 물었다.

"야, 이거 ㄱ거 같아, 뭐지? 죽으면 건너가는 천?"

"삼도천."

태희가 대답했다.

다리 이쪽과 저쪽은 완전히 달랐다. 우리를 끈끈이처럼 잡고 놓아주지 않던, 돌부처와 비탈길과 숲의 기운이 가위로 자르듯 뚝 끊겼다. 돌아온 이쪽은, 평평한 시멘트 바닥은 내가 알고 있던 세계였다.

어느 쪽이 삶이고 죽음인지 헷갈렸다. 저쪽이 진짜 세상이면 어쩌지? 우리가 죽어서 천을 건너온 거면?

우리가 다리를 건너자마자 기다렸다는 듯 어둠이 마을을

덮었다. 가로등이 켜졌지만 작은 마을은 낯설었다. 골목 사이에서 다시 길을 잃어버릴 거 같은 기분으로 버스 정류장을 찾았다.

정류장 의자에 앉아 있으니 무거운 피로가 온몸을 짓눌렀다.

우리는 목표를 달성했다. 경주 남산의 불상들을 결국은 봤다. 그러나 감격이나 만족은 흐렸고 그저 가라앉았다.

아. 나는 여기로 도망쳐 온 거였지.

집으로 돌아가면, 아니 핸드폰을 켜면 아빠와 연락을 해야 한다. 아빠는 화가 났을까. 실망했을까.

내가 벌인 일이 실감나기 시작했다. 설마 경찰 같은 데 신고를 했을까? 일이 그렇게 커지진 않았겠지? 어떻게 수습을 하지.

지금이라도 핸드폰을 켤까.

갈피를 잡지 못한 채로, 우리는 경주 시내로 돌아가는 버스를 탔다.

8

예상보다 두 시간이 늦었다. 벌써 7시였다. 시내에 도착하자마자 돌아가는 고속버스 표부터 사려 했는데, 창구에서 뜻밖의 대답이 돌아왔다.

"오늘 서울행은 다 매진됐어요."

머릿속이 하얘졌다. 창구 안의 사람들끼리 대화를 주고받더니 정보를 알려 주었다.

"옆에 시외버스도 이미 막차 떠났어요, 6시 20분이 막찬데."

"그럼 기차, 기차는요?"

"지금이면 기차도 매진됐을 건데. 막판에 취소표 나올 수
도 있지만."

대기실 의자에 앉아 있던 아저씨가 참견했다. 아저씨는
앱을 켜서 표를 확인하더니 밤 11시 반 표만 남아 있다고 말
했다.

도착하면 새벽이다. 그래도 그거라도 일단 타서, 역에서
집까지는 택시를 탄다고 치고…….

"나, 여기서 자고 내일 아침에 갈래."

태희가 차분한 목소리로 말했다. 루아가 펄쩍 뛰었다.

"미쳤냐. 어디서 자게. 찜질방도 미성년자 안 받는 거 알잖
아. 집에 가야 돼."

"왜 맨날 집에 가야 돼?"

태희가 고집을 부렸고, 루아는 소릴 질렀다.

"야! 너나 자, 그럼. 난 갈 거야!"

터미널 대기 의자에 앉은 사람들이 다 이쪽을 쳐다봤다.
루아는 집에 전화하겠다고 했고, 태희는 막았다. 루아 엄마가
알게 되면 태희 엄마도 자연히 알게 될 거란 소리였다.

"이미 알아, 모르겠냐? 안 그랬음 너네 엄마가 벌써 경찰에

신고했을 거다."

"신고하든 말든 나랑은 상관없어."

태희는 삐뚤게 나가기로 작정한 모양이었다. 머리가 지끈거렸다. 심호흡을 하고 태희를 설득하려는데, "잘 데가 없니?" 하고 어떤 남자가 친절하게 말을 걸었다.

아, 미치겠네. 이런 사람이 접근하는 게 좋은 징조일 리 없었다.

다행히도 우리를 지켜보고 있던 건 그 사람만이 아니었다. 터미널 지원이 창구에서 나왔고, 곧이어 경찰 두 명이 터미널로 들어왔다. 직원에게서 연락을 받은 모양이었다.

경찰이 나타나자 우리에게 말을 걸던 남자는 멀찍이 물러섰다.

경찰은 우리에게 무슨 문제인지, 도움이 필요한지를 물었다. 우리가 대답을 못 하자 질문이 늘어났다.

"어디 가려고 하는데? 부모님은 너희 여기 있는 거 아시니? 부모님이랑 통화를 해야 할 것 같은데."

"왜 그래야 하는데요?"

태희가 경찰을 들이받을 기세로 되물었다. 나는 다급하게 태희의 옷소매를 잡아당겼다. 경찰의 시선이 나를 향하고, 나는 항복하듯 입을 열었다.

"제가 아빠한테 전화할게요."

핸드폰을 켜자 문자와 부재중 통화가 우수수 떨어졌다. 나는 지뢰를 피하듯 알림 사이를 헤치고 아빠에게 전화를 걸었다.

"아빠, 나 지금 경주인데. 돌아가는 버스표가 없어. 터미널인데."

내가 듣기에도 너무 이상한 말이었다.

경찰이 아빠를 바꿔 달라고 했다. 학생 아버지 맞으십니까. 네, 학생들이 집에 못 가고 있어서요, 네, 아, 울산에 계십니까, 지금 오신다고요. 네, 알겠습니다.

아빠가 올 때까지 우리는 경찰의 감시 속에 있었다. 혹은 보호 속에. 우리에게 말을 걸던 남자는 근처를 맴돌다가 사라졌다.

아빠를 기다리는 동안 나는 문자들을 봤다. 아빠. 정소원과 김가현. 모르는 번호들. 학교. 엄마 연락은 없었다.

한 시간이 좀 넘어 아빠가 나타났다. 아빠는 우리가 왜 여기 있는지는 묻지 않았다. 화를 내지도 않았다. 그냥 괜찮냐고 묻고, 루아와 태희에게는 부모님께 연락했냐고 물었다.

"네. 바로 하겠습니다."

루아는 공손하게 대답하고 가방에서 핸드폰을 꺼냈다.

아빠는 부모님 연락처를 알려 달라던가, 진짜냐고 확인하지도 않았다. 아빠는 나름의 이유로 정신없어 보였다.

"아빠 일하다 온 거라서 바로 다시 울산 가야 돼."

"그럼 우리 어떻게 해?"

나는 뻔뻔하게 물었다. 옆에서 루아가 "방만 잡아 주시면……" 하고 작게 말했지만 아빠는 고개를 저었다.

"너희끼리 재울 순 없지. 부모님들도 걱정하실 거고."

아빠는 어떤 흔적을 찾기라도 하듯 내 얼굴을 뜯어보다 말했다.

"경주…… 고모한테 연락을 해 놓긴 했어."

경주 고모라니? 아빠의 설명을 듣고서야, 예전에 대구로 할머니 병문안을 갔을 때 보았던 아주머니가 떠올랐다. 목소리와 키가 크고, 명랑하고, 나에게 용돈을 주었던 사람. 아빠가 '홈'에서 함께 자란 사람.

아빠는 내일 오전 버스표를 샀고, 옆 편의점에 들어갔다. 우리는 밖에서 기다렸다.

"고모가 경주 살았어? 진작 말하지!"

루아는 그새 기가 살았다. 태희가 조용히 하라고 나지막이 주의를 주자 루아는 헛기침을 했다.

나는 아빠의 기색을 살피느라 정신이 없었다. 아빠는 화가 났을까. 황당할까. 짜증이 나는 걸 참고 있을까.

아빠는 처음 보는 차에 우리를 태웠다. 회사 차를 빌려 온 거라고 했다.

'경주 고모'의 집은 마당이 넓은 일층 주택이었다. 거실 바닥에는 뜨개실 뭉치가 널려 있고. 텔레비전에는 트로트 예능이 틀어져 있었다. 고모는 혼자 있었다. 고모의 딸은 3교대 근무 중이라 아침에 들어온다고 했다.

"애 아빠는 낚시한다고 어데 섬에 갔다. 몰라, 언제 올는지!"

"죄송해요, 누님. 저는 바로 가 봐야 해서."

아빠가 연신 고개를 숙였다.

"그래, 니까진 못 재워 준다. 이불이 없어!"

화통한 농담에도 아빠는 웃지 않았다. 아빠는 아침에 연락하겠다며 신발을 신었다.

"해솔, 잠깐만."

아빠가 내게 손짓해서 현관을 나갔다. 아빠는 내게 지폐를 몇 장 주었다. 편의점 갔던 게 이거 때문이구나 싶었다.

"고모 말 잘 듣고, 선생님하고 꼭 통화하고. 아빠도 할 건데, 너도 해. 그리고……."

아빠는 생각을 더듬듯 미간을 찌푸렸다. 아빠는 날 혼낼 마음조차 없는 것 같았다.

"여기 왜 왔는지 안 물어 볼 거야?"

아빠에 대한 고마움과 미안함이 뒤죽박죽 섞여서 뾰족한 말로 튀어나왔다.

내가 이유를 말할까 봐 못 물어보는 거야? 감당이 안 될 거니까? 내 마음은 안 궁금하지, 여전히, 여전히!

발을 구르고 싶었다. 여기가 가파른 산길이라면 마구 뛰어 내려가 버리고 싶었다. 넘어져 구르면, 온몸이 긁히고 피가 나면 차라리 나을 것 같았다.

아빠는 내 어깨 즈음으로 시선을 떨어뜨리고 입을 꾹 다물었다. 내 것과 비슷한 보조개가 아빠의 왼뺨에 패었다.

날선 마음이 물 적신 휴지처럼 뭉개졌다. 아빠는 무슨 죄로 여기까지 와서 나를 챙기나. 내 잘못임이 분명한데 나는 굽히지 않고, 그래도 아빠는 화를 내지 않고, 혹은 못 내고. 나는 아빠가 언제 화를 낼지 두려워하면서도 말을 멈추지 못하고.

"뭘 해 줄 수 있을 때는 차라리 나아."

아빠가 입을 열었다.

"아무것도 못 해 줄 거 같을 때가 제일 힘들어."

필사적으로 눈물을 참았다. 모르는 건 아니었다. 아빠는 이미 많은 것을 포기하고 있다. 그중에는 어쩌면 나도 있을지 모른다. 가라앉지 않으려 발버둥치느라, 숨만 겨우 쉴 지경이라서, 혼내고 물어볼 힘조차 없어서.

아빠는 나더러 먼저 집에 들어가라고 했다. 나는 아빠가 가는 모습을 보고 싶었지만 아빠의 재촉에 현관문을 열었다. 문밖은 어둡고, 문 안은 밝고. 나는 그 어둠 속에 아빠를 두고

문을 닫았다.

돌아와 보니 집 안이 떠들썩했다. 루아는 역시나 경주 고모와 잘 맞았다.

"어, 경주 고모라 캐라, 니들도!"

"네, 경주 고모님!"

루아가 씩씩하게 말하자 고모는 배를 잡고 웃었다.

"저녁도 못 먹었겠지. 뭐 가출을 경주까지 하나! 거 앉아서 띠비바 봐라. 뭐 먹을 게 있나"

태희가 먼저 씻는 동안, 나는 아빠가 어떻게 그리 침착할 수 있었는지를 알게 되었다. 루아는 아침에 나올 때 집에다 쪽지를 써 놨다고 했다. 이해솔과 하루 놀겠다고. 루아네 부모님은 학교에서 루아를 찾는 연락이 왔을 때 그렇게 말했을 테니 당연히 아빠에게까지 전달되었을 것이었다.

"너 혹시 아파서 결석한다고 했어? 나 때문에 앞뒤 안 맞게 된 거야?"

루아가 내 눈치를 봤다.

"아니. 난 아예 아무 말도 안 했어. 집에다가도, 학교에도."

"지태희도 그랬을걸. 난 지태희 얘긴 안 했는데, 뭐, 다 흘러들어 갔겠지. 아, 나 저 노래 아는데!"

텔레비전에 집중한 루아를 거실에 두고, 나는 부엌으로 들어갔다.

"저기, 고……모."

이렇게 부르는 게 맞나. 고모는 전혀 상관하지 않았다.

"어, 왜. 뭐 필요한 거 있나."

"아니오. 저기, 고맙습니다. 제가 도와드릴 일 있나 해서요."

나는 꾸벅 고개를 숙였다. 분주하게 싱크대와 냉장고 사이를 오가던 고모가 픽 웃었다.

"아빠 닮았다. 정훈이 개도 뭐만 하면 그렇게 안절부절못하고 갚겠다고 그러더니. 거기 앉아서 얘기나 좀 해 봐. 뭣 때문에 경주 왔다고?"

놀랍게도, 아니면 당연하게도 경주 고모는 고청 할아버지에 대해 알고 있었다. 태희가 먼 친척이라고 하자 고모는 놀라워했다.

"박물관 옆에 새로 기념관 생겼다든데. 거기 생가 옆에. 내일 함 가 보든지."

　고모는 새우와 야채를 다듬고 튀김 반죽을 묻혔다. 고소한 기름 냄새가 부엌을 채우자 비로소 배가 고파 왔다. 나는 몇 번 말을 삼키다가 입을 열었다.

　"저기, 아빠, 옛날엔 어땠는지……."

　"어, 정훈이가 자기 얘기 잘 안 하지? 걔는 옛날부터 그랬다."

　고모는 분주히 손을 놀리며 아빠 이야기를 했다. 고모와 아빠는 같은 위탁가정에서 살았다. 고모가 중학생 때 여덟 살이던 아빠가 왔다고 했다.

　"그 집을 거쳐 간 애가 스무 명은 넘을걸. 나는 거기서 대학도 다녔다. 학교가 가깝기도 하고, 그때 엄마가 손목이 안 좋아져서 나 없음 꼬맹이들 어쩔까 싶어서 그랬지. 느이 아빠는 손이 안 가는 애였다. 다 알아서 했지. 그게 좀 짠하기도 했어."

　고모가 나를 지그시 바라보았다.

　"이렇게 큰 학생이 정훈이 애라고 하니까 신기하네."

　엄마 얘기가 나올까 봐 긴장했다. 아빠 안 닮았네, 엄마 닮

났니? 이런 식의 얘기. 나를 보는 사람들은 내게서 아빠나 엄마를 찾았다. 태희의 말이 생각났다. 닮은 것. 다른 것. 어쨌거나 비교 대상이 된다는 것.

그러나 고모는 아빠 얘기만 했다. 아빠가 중학교 때 자전거 여행을 한다고 며칠이나 집을 비웠던 얘기, 동생들에게는 그렇게 무뚝뚝하면서도 첫 알바비로 치킨을 사 왔던 얘기. 대체로 좋은 이야기들이었다. 내가 아빠의 딸이니까 나쁜 것들은 걸러 냈겠지. 그런 걸 감안해도 고모는 아빠를 좋은 사람으로 보는 것 같았다.

우리는 튀김과 고명을 푸짐하게 올린 잔치국수를 먹었다. 루아는 기분이 완전히 나아졌는지, 텔레비전에서 나오는 트로트들을 따라 불러서 고모를 웃게 했다. 고모는 새 칫솔을 뜯어 주고 갈아입을 옷도 주었다. 거실에 넓게 이불도 폈다.

희한하게 마음이 편했다. 주어진 대로 있을 수밖에 없어서 그랬다. 어쨌거나 내일 아침까지는 유예된 시간이었다.

그런데 거실에 깔아 둔 이불 위에서 뒹굴며 핸드폰을 하던 루아가 벌떡 일어나 앉았다.

"지태희, 너 아직도 집에다 얘기 안 했어?"

"……문자 보내긴 했는데."

"뭐라고 했길래 이래? 난리 났다는데?"

태희가 자기 핸드폰을 쓱 밀었다. 루아는 패턴을 풀고 문자를 찾아 읽었다.

"친구네서 자고 가요…… 야, 이렇게만 보냈다고? 말이 되냐? 앞뒤 사정을 설명해야지! 너 이래 놓고 또 너네 엄마 차단했지!"

"너희 엄마한테 들어서 다 알 텐데 뭘 또 말해."

태희의 말이 끝나자마자 루아의 핸드폰이 진동하기 시작했다. 루아가 얼굴을 사납게 찌푸렸다.

"너네 엄마잖아. 아 몰라, 네가 받아."

루아가 이불 위로 던진 핸드폰을, 태희는 물끄러미 보기만 했다. 핸드폰은 진동하다 멈추기를 반복했다.

"……엄마가 경주에 있대."

태희가 불쑥 말했다.

"엥? 벌써 경주 와 계시다고? 우리 엄마랑 방금 통화했다는데?"

"그쪽 말고."

태희기 엄마라 부르는 두 사람. 루아가 아는 쪽이 아닌 다른 쪽이 경주에? 파악이 잘 안 됐다. 그 소리는 그럼…….

"야!"

루아가 버럭 소리를 질렀다.

"이 미친…… 야, 그럼 너 경주 온 게 그것 때문이야? 너네 엄마도 알아?"

"어느 쪽 엄마? 지금 엄마가? '그' 엄마가?"

태희는 손가락을 들어 허공에 두 개의 점을 찍었다.

"어제까지도 몰랐어. 엄마가 문자 주고받던 걸 어쩌다 봤는데…… 핸드폰이 식탁에 있어서."

태희는 두 엄마들이 서로 연락한다는 걸 알고 있었다고 했다. 어쩌다 들은 엄마의 통화에서, 힐끗 본 문자에서, '걔는 또 일 그만뒀대' 같은 말들에서 정보의 조각을 모았다. '그' 엄마는 도시를 옮겨 다니고, 직업을 바꾸고, 가끔은 태희를 보고 싶다 말하고 거절당했다.

"경주 가게 정리한다는 말이 있더라. 이번 달까지만 하고 정리한다고 해서……."

태희는 가게라면 슬쩍 밖에서 보고 올 수 있겠다고 생각했

다. 엄마와 이야기를 하거나 자신을 보여 주고 싶지는 않았다
고 했다. 그래도 보고는 싶었다고.

엄마의 얼굴을.

태희가 정말로 보고 싶었던 얼굴을.

그건 진짜 몰랐어. 내가 어떻게 아냐고. 걔는 내가
다 안다고, 아는 데 모르는 척한다고 하지만 어떻게
그러겠냐? 내가 뭐 초능력자야?
그래서 경주에서 혼자 자고 가겠다느니, 그런 말을 한
거였어. 아직 엄마 얼굴을 못 봤으니까.
답은 간단해 보였어. 시내에 있는 카페라며. 이름도 알고.
찾아가면 되는 거잖아.
"만나면 되겠네."
말하면서 동시에, 지태희가 곧이곧대로 받아들이지 않을
걸 알았어. 네 일 아니니까 쉽게 말한다고 짜증낼 거라
생각했지.
"말이 쉽지!"
지태희가 할 거라고 예상한 바로 그 말을, 해솔이 네가 할

줄은 몰랐어. 그렇게 화를 낼 줄도 몰랐다.

"그렇게 쉽게 만나게 되겠냐? 그게 되면 지태희가 이러고 있겠냐고!"

너 그거 고급 기술이야, 작은 목소리로 소리 지르는 거. 너네 고모에게 들키지 않으면서도 네가 얼마나 열 받았는지를 효과적으로 알렸지.

그러고 보니 이해솔, 네가 화내는 거 처음 봤다. 맨날 나와 지태희만 신경을 곤두세웠잖아. 너한테도 할 말이 있었겠구나. 그걸 그제야 알았다, 내가.

근데 너 공평하더라. 나한테만 뭐라 한 거 아니고 지태희한테도 할 말 하더라?

"지태희 너는 서루아한테 그만 좀 따져! 서루아가 그럼 그 상황에서 모르는 척하지 어떻게 해? 일일이 아는 거 티 냈으면 그럼 좋았겠냐고!"

와, 속시원. 진짜. 고마웠다.

나는 지태희한테 그렇게 말 못 했을 거거든. 그 '모르는 척'이 가시처럼 입안에 박혀서.

"꼬아서 말하지 말고 하고 싶은 말을 하라고!"

너는 쐐기를 박듯 말을 던졌지. 나와 지태희 둘 다를 향해서.

무슨 소릴 한 거야. 던진 말을 주워 담고 싶었다. 내 문제는 풀지 못하고 도망쳤으면서, 다른 사람에게는 제대로 행동하라고 할 자격이 있나? 나는 한풀 꺾인 목소리로 중얼거렸다.

"이런 말 할 자격 없는 거 아는데……."

"자격 있지!"

루아가 대뜸 말했다.

"여기까지 같이 왔는데!"

그게 그렇게 대단한 거였어? 같이 왔다는 거? 속으로 되묻고, 속으로 대답했다. 어. 그래.

목 안에 뭉쳤던 뭔가가 저절로 녹아 없어졌다. 말하고 싶을 때 정확하게 말하는 건 이런 기분이었다.

태희의 엄마와 아빠는 새벽 3시에 경주에 나타났다. 자다 깬 루아는 두 사람의 닦달을 견디지 못하고 주소를 털어놓았고, 태희 엄마 아빠는 집으로 찾아왔다. 두 사람은 우리를 당상 내려가고 싶어 했다.

태희는 싫다고 버텼다. 현관에 서서 소리를 질렀고 발버둥을 쳤다. 경주 고모네가 단독주택이 아니면 층간 소음으로 신고 당했을 법한 난리법석이었다.

한밤중에 이게 다 무슨 소란이냐며 경주 고모가 화를 냈다. 태희 아빠가 신원을 확인하겠다고 이름을 캐물어서 더 짜증이 났던 것 같다.

"김영미요, 왜요! 뭐 어데 알아보게! 내가 애들 팔아먹을까 봐 그러나!"

결국 태희 부모님이 근처 숙소에서 자고, 아침에 데리러 오는 것으로 정리된 건 족히 한 시간은 지나서였다.

다시 자리에 누웠을 때는 멍했다. 방금 전의 소란이 꿈같았다. 차라리 꿈이라면 이해가 될 거다. 밀어 뒀던 잠이 빠르게 나를 덮었다.

"애 성질 장난 아니지 않냐?"

루아가 내 쪽으로 돌아누우며 말했다.

"난 뭐 그러면 안 돼?"

태희가 쉰 목소리로 루아에게 말했다. 얼마나 소리를 질렀

으면 목이 다 쉬었을까. 층간 소음으로 신고 당했으면 80퍼
센트는 지태희의 몫이었을 것이다.

"야, 해솔이 놀라서 기절했잖아."

너무 졸려서 루아의 어이없는 말에 대꾸할 기운도 없었다.

수조가 깨졌을 때도 지태희가 엄청 화냈잖아, 그런 성격
인 거 알고 있었어…… 말하려 했지만 나는 순식간에 잠에
빠졌다.

9

태희의 부모님은 아침 일찍 빵과 음료수를 들고 고모 집으로 왔다. 고모는 냉랭했지만, 아침 식사 자리에 끼워 주기는 했다.

"해솔이 친구 부모님이어서 그냥 넘어가는 거예요. 남의 집에서 그렇게 소란 피우면 안 되는 거거든."

경주 고모가 가르치듯 말했다.

태희 엄마는 억지로 웃었고, 태희 아빠는 말없이 고개를 숙였다.

태희 부모님은 아침을 먹자마자 우리 모두를 데리고 돌아

갈 계획이었던 것 같았다. 루아가 해맑게 의견을 냈다.

"이왕 왔는데 경주 박물관 가도 돼요? 경주까지 왔는데 볼 건 보고 가야죠. 역사 공부! 한국사!"

태희의 엄마는 여지를 보였지만 태희의 아빠는 그 의견을 도저히 받아들이지 못했고, 두 사람은 다투었다. 이번에는 집 앞에 세워진 차에 들어가서. 우리는 거실 창가에 앉아, 소리는 들리지 않는 격렬한 말다툼 현장을 지켜보았다.

"차가 방음이 잘되네. 지태희, 너희 엄마 저러는 거 오랜만이다."

루아가 말했다. 태희는 무릎을 감싸고 턱을 기댄 채로 말했다.

"그런가. 나는 자주 봤는데. 소리를 빼니까 다르게 보이긴 하네."

나도 잘 아는 모습이었다. 엄마와 아빠가 소리를 지르며 싸우는 모습. 내가 옆방에 있다는 건 다 까먹은 것처럼, 내일이 없는 것처럼 쏟아 붓는 모습. 나는 헤드폰을 가끔 벗고 그 소리에 귀를 기울였다. 갑자기 조용해지면 불안했다가, 격한 말소리에 도리어 안심했다.

우리 집의 결론은 엄마가 떠나는 것으로 났다. 사람이 한 명 빠지자 그 모든 소란이 멈추고 집에는 살얼음 같은 고요가 찾아왔다.

오늘의 결론은 반대였다. 할 일이 있다는 태희 아빠가 기차를 타고 먼저 돌아가는 걸로 결정되었다. 태희 엄마는 우리를 태우고 천천히 가겠다고 했다.

태희 아빠가 떠나자 긴장감이 살짝 무뎌졌다.

"엄마, 미안."

태희가 그제야 해야 할 말을 했다. 루아는 기다렸다는 듯이 물었다.

"그럼 박물관 가 봐도 돼요?"

"너희 지금 그게 문제니, 학교는 어쩔 거야."

태희 엄마는 골치 아프다는 듯 머리를 짚었다.

"못 본 게 있어서 그래요. 보고 가면 좋잖아요. 이런 기회가 또 없을지도 모르잖아요."

루아가 말했다. 태희가 고개를 홱 돌려 루아를 보았다. 태희의 엄마도 똑같이 고개를 돌렸다. 루아가 아니라 태희를 향해서. 지금 루아가 봐야 한다고 말하는 그건, 신라의 유물이 아니었다.

"……그러고 싶니? 한번 보고 싶어?"

태희 엄마가 태희에게 물었다. 태희의 눈길은 갈 곳을 찾지 못하고 헤맸다. 어지러이 땅바닥에, 하늘에, 화단에 닿던 시선이 내게 향했다.

나는 고개를 끄덕였다. 태희에게 힘을 주고 싶었다. 태희가 입을 열었다.

"어. 그러고 싶어요."

차 뒷자리는 가시방석이었다. 친구 부모님과 뭘 해 본 적은 손에 꼽도록 적어서 너무 어색했다.

태희 엄마는 내게 아무것도 묻지 않았다. 나를 배려해서가 아니라, 물을 여력이 없어 보였다. 잠을 잘 못 자서 퀭한 눈, 꾹 다문 입, 예민하게 선 이마의 핏줄. 나는 이런 얼굴을 알았다. 엄마의 얼굴이 겹쳐졌다.

엄마는 내가 경주 온 걸 알았을까. 아빠가 얘기했을까. 안 했을 거 같다. 당신이 뭘 했기에 애가 말도 안 하고 학교도 빠지고 경주에 갔냐고 화를 낼 테니까.

엄마는 학교 앞에서 나를 기다렸던 얘기를 아빠에게 말했을까. 안 했을 거 같다. 당신이 뭘 했길래 애가 다친 데 또 다쳐가며 도망쳤느냐고 따지고 들 테니까.

꼬리에 꼬리를 물며 머릿속을 어지럽히던 문장들은 박물관에 도착한 순간 잊혀졌다.

국립경주박물관은 여러 채의 건물로 나뉘어 있었다. 신라역사관과 신라미술관, 특별전시관, 월지에서 나온 유물들로만 구성한 월지관. 박물관 안 연못의 이름은 고청의 호를 따서 '고청지'였다.

우리는 제일 앞, 신라역사관의 계단을 올랐다. 전시실에 들어서자 마음이 놓였다. 안전한 벙커에 들어온 기분이었다. 바깥과 단절되어 역사 속으로, 시간의 지층 사이로. 우리에게 일어난 일들은 비 한 번 오면 쓸려 나갈 것처럼 가벼이 여겨지도록.

"와, 나 박물관에 중독됐나 봐. 여기 오니까 마음이 편하네?"

루아가 내 마음처럼 말했다.

우리는 느슨하게 흩어져 각자 보고 싶은 걸 봤다. 물량공

세를 하듯 쌓아 놓은 신석기 토기들과 뭉텅이로 늘어놓은 구슬 목걸이 더미가 마음에 들었다. 어딜 파도 유물이 나온다는 경주의 박물관다웠다. 루아는 나와 태희에게 말을 걸고, 손짓을 하고, 사진을 찍었다. 태희 엄마는 어디론가 가고 없었다.

황금 왕관들을 보고 있을 때였다.

전시실 한쪽에 여자가 나타났다. 모두가 느리게 발걸음을 옮기는 곳에서, 유일하게 발걸음을 서두르고 있어서 눈길이 갔다. 유리장 안을 보지 않고 사람들을 보고 있는 여자.

처음 보는 얼굴인데도 익숙했다.

그 사람의 시선이 나와 루아를 스쳐 갔다. 관광객을 지나, 왕관과 황금신발을 지나, 태희에게 멈추었다.

그 사람은 망설임 없이 태희에게로 걸어갔다.

태희는 뒤돌아 그 사람을 보았다.

그 여자가 태희의 옆에 섰다. 두 사람은 다른 관람객들처럼 유리장 앞을 걸었다.

박물관은 또한 그런 곳이기도 했다.

나란히 바라보는 곳. 서로의 얼굴을 보지 않고도 곁에 설 수 있는 곳.

나는 루아의 팔을 잡고 천천히 그 자리에서 벗어났다.

나와 루아는 박물관 마당 끝 큰 소나무 아래 벤치에 앉았다. 공기는 차가워도 햇볕이 따뜻해서 춥지 않았다. 우리가 앉은 자리 옆으로는 꽃과 풀 대신 석등 지붕돌과 주춧돌이 빼곡하게 놓여 있었다. 약간 압축된 공동묘지 같았다.

"이거는 그냥 돌덩이 아냐? 어떻게 신라 거라고 알아보고 모았지? 요즘 거 하나 안 끼어 있을까?"

루아는 복제 가능성에 대한 의혹을 여전히 못 버린 모양이었다.

"고고학자가 들으면 속 터지겠다. 다 조사해서 모아 둔 거겠지."

"고고학자는 말고 보통 사람이면? 내가 비슷한 거 만들어다 여기 두면 못 알아볼걸?"

"그런 노력을 들일 만한 일일까."

"뭐, 결과가 있어야만 노력하는 의미가 있는 건 아니잖아."

루아는 길게 기지개를 켰다.

"태희는 괜찮겠지?"

내가 묻자 루아는 핸드폰을 만지작거렸다.

"걔, 나는 차단했을지도 몰라. 해솔아, 네가 문자 보내 봐."

―괜찮아?

하나 더 보냈다.

―필요하면 불러.

내가 보낸 문자를 보고 루아는 웃었다.

"부르면 뭐, 가서 데리고 나오게?"

"옆에 있어 줄 순 있잖아."

말할까 말까 망설이다가 덧붙였다.

"네가 계속 지태희 옆에 있어 준 것처럼."

"뭐? 야, 소름끼쳐! 있어 주긴 뭘 있어 줘!"

짐작대로 루아는 소스라쳤다. 나는 굽히지 않았다.

"결론적으로 그랬던 거 같은데."

루아는 더 반박하지 않았다. 그냥 자리에서 일어나 저만치 걸어갔다가 돌아왔다.

"그럴지도 모르지. 걔는 어떻게 생각할지 모르겠지만. 아마 기겁하겠지만."

루아와 나는 경주 고모가 싸 준 쌀과자를 꺼내 먹었다. 쌀

과자 부스러기에 참새들이 후후거리다 나가왔다. 루아가 참새를 잡아보겠다며 머리를 굴리는데, 저편에서 낯익은 세 사람이 걸어왔다.

태희와 두 명의 엄마. 비슷한 얼굴의 세 사람. 저 셋은 나란히 거울을 본 적이 있을까?

루아가 핸드폰을 꺼내 셋의 사진을 찍었다. 태희가 알아보고 얼굴을 찡그렸다.

두 엄마는 박물관 카페 쪽으로 가고, 태희는 우리에게로 터덜터덜 걸어왔다.

"사진 볼래?"

루아가 태희에게 물었다. 태희는 고개를 저었다. 루아는 아무렇지 않게 문자로 보내 놓겠다고 말했다.

"별거 없었어. 진짜 별거 없음."

태희는 두 엄마와 있었던 감상을 말했다. 그러곤 곧장 고개를 숙였다. 별게 없다는 저 말에 얼마나 많은 게 들어 있을 수 있는지, 나는 알았다.

별게 없다는 말은 별게 없었으면 좋겠다는 바람의 표현이기도 하다. 너무 많은 것들이 소용돌이쳐서, 하나하나 다 별

거여서, 결국엔 별게 없다고, 골라낼 수 없다고 말해 버리게 된다.

셋이 멍하니 앉아 있다가 태희가 바로 앞의 신라미술관에 가 보자고 해서 들어갔다. 1층은 불교조각실이어서 불상들이 많았다. 우리가 보지 못한 얼굴들이 있었다.

"처음부터 엄마 얼굴 보고 싶다고 말하면 안 되는 거였냐? 얼굴 찾는다고 해서, 난 진짜 그런 줄만 알았는데."

루아가 태희에게 말했다. 유물을 앞에 두고서야 말이 편하게 나오는 건 셋 다 마찬가지였나 보다. 태희는 남산 용장곡에서 나왔다는 커다란 돌부처 얼굴에 시선을 고정한 채 대답했다.

"보고 싶었는지도 잘 모르겠어. 이도 저도 아닌 채로 있기 싫어서, 확인하고 싶었던 건데. 보고 나면…… 보고 싶었던 건지 아닌 건지 알 수 있을 것 같았어. 좋든 싫든 답이 나올 거 같았는데."

그림자처럼 어른거리고, 블랙홀처럼 계속 끌어당기는 무엇. 끌려들어 가지 않으려고 안간힘을 써도 끌려가고, 보지 않으려고 애써도 시선이 가는 무엇. 속시원하게 뽑아 버리고 싶어도, 어디 있는지 찾을 수 없도록 살 속으로 파고들어 간 가시.

"……아직은 모르겠다."

태희는 얼버무렸다. 나는 태희가 용감하다고 생각했다. 빙 둘러 온 거라도, 대단하다고 생각했다.

"본다고 해서 뭐 달라지는 것도 아닌데…… 그냥, 그랬어."

태희가 중얼거렸다.

달라지지 않을 거면 우리가 경주까지 와서, 그 산을 올라서, 바위에 새겨진 천 년 된 얼굴들을 볼 일도 없었을 것이다. 달라진다고 믿었으니까, 기대했으니까 왔다.

그러면서도 말은 그렇게 한다. 기대하지 않았어, 믿지 않았어. 그래야 실망하지 않을 테니까. 기대를 부수는 건 내 전문이었다. 그런데도 지금은 다르게 말하고 싶었다.

"그래도 와서 봤으니 다른 거야."

우리는 행동했다. 행동했으니까 달라질 것이다.

보고 어떤 느낌을 가져서가 아니라, 답을 얻어서가 아니라.

목적을 달성했든 못 했든, 모든 게 다 실패였다고 해도 행동했다는 사실은 변하지 않는다.

도망치는 것도 내게는 행동이었다. 나는, 무력한 게 아니었을지도 모른다. 지금은 내가 도망친 그 질문이 그다지 무섭지 않게 느껴졌다. 막대 같은 걸 그 흉측한 이빨 사이에 끼워 넣을 수 있을 것 같았다. 진짜 답을 하기 전에 시간을 벌 수 있도록.

어두운 전시실 안 조명이 닿지 않는 어둠 속에 서서, 나는 내가 왜 도망쳤는지에 대해 이야기했다. 답할 수 없을 질문에 대해, 엄마와 아빠에 대해. 내가 그 둘을 미워할 수도, 좋아할 수도 없다는 것에 대해. 그래서 사랑인가? 그렇게 복잡해서? 인간은, 딱 중간에 설 수가 없다. 정확히 반으로 나눌 수가 없다.

나는 아빠와 엄마 사이를 탁구공처럼 오가며 감정과 이유를 저울에 재었다. 휘둘린다고 생각했지만 그것도 사실은 나의 선택이었다. 두 사람을 상처 입히고 싶지 않았던 나의 선택.

울컥, 속에서 치밀어 올랐다.

"나는…… 잘못한 게 없었어."

천 년 동안 수많은 이들의 염원을 들었을 얼굴들이 고요하

175

게 나의 말에 귀를 기울였다.

"너희도 마찬가지야."

내 마음이 둘에게 전달됐을까? 태희와 루아는 내 옆에 머무는 것으로 대답했다.

태희의 한 엄마는 먼저 돌아가고, 나머지 엄마는 우리를 차에 태워 고청 기념관으로 갔다. 기념관 바로 옆은 고청 할아버지가 실제로 살았던 한옥이었는데 태희의 엄마들은 어릴 적에 와 봤다고 했다. 기념관은 작았지만 토우 인형들을 비롯해서 자서전에선 보지 못한 자료들이 많아서 좋았다. 고청이 그린 그림들은 동화책 삽화처럼 귀여웠다.

차가 있는 김에 가까운 곳에 있는 감실부처까지 보러 갔다. 남산자락의 큰 바위 속을 파서 새긴 부처였다.

"너네가 이런 걸 보러 여기까지 왔다고?"

태희 엄마는 황당해했다.

"우리가 어제 간 데는 이것보다 많이 험했어요. 이모도 보셔야 하는데. 절벽 같은 데 새겨 놓은 걸 봤거든요?"

루아는 자랑하듯 말했다.

감실부처의 얼굴은 포근했다. 살풋 숙인 고개와 내리깐 눈. 포동포동한 볼. 여태껏 본 불상 중에선 제일 친숙하게 느껴졌다. 고청은 이 석불을 보고 우리의 얼굴을 찾았다고 생각한 걸까?

그러니까, 정말로 그런 순간이 있었다면.

"이게 그 얼굴 맞을 거 같은데!"

루아가 흥분해서 외쳤다.

"이모, 그 고청 할아버지가 깨달음을 얻었다는 얼굴이 있다는데요, 우리가 다 본 건 아니지만, 얘가 제일 그럴듯해요!"

아…… 이제는 말해야 할 것 같은데. 루아를 부르려는데, 태희가 먼저 말했다.

"서루아, 어떤 자료에도 '얼굴' 하나를 발견했단 말은 없어."

"뭐?"

루아가 돌아보았다. 태희가 설명했다.

"남산에 수백 번 오갔다는 건 있는데, 어느 하나를 보고 팍 깨달은 게 아니라 전체적인 영향을 받았단 거였어."

태희는 알고 있었구나. 나도 책을 몇 번이나 뒤적여서 알아낸 거였다. 인터뷰에 비슷한 말이 있긴 했지만 정확히 남산에서 얼굴을 찾아냈다는 말은 아니었다. 남산을 비롯해서 무덤 속 벽화, 토우, 신라시대 장신구와 옷에서 우리 민족 특유의 감각을 발견했단 얘기였다.

루아는 황당하다는 듯 발을 굴렀다.

"뭐야! 그럼 우리 남산 왜 갔어? 너희가 얼굴 찾는다고 했잖아!"

"그분이 남산에도 많이 가셨잖아. 예시를 보려고 한 거지."

내 말에 루아는 아예 펄쩍펄쩍 뛰었다.

"나는 그중에 답이 있는 줄 알았지! 야, 산에 가서 그 고생을 했는데! 다 헛수고야?"

헛수고일 리 없다. 루아가 원통해하는 바로 그 순간에, 나는 확신을 얻었다.

"근데 이게 더 낫지 않아? 답이 정해진 것보다, 뭐라도 답이 될 수 있다는 게."

정해지지 않은 답을 얻으려면 정해지지 않은 길로 가야 한다. 남산에서 불상을 찾아낸 사람들도 그랬을 것이다. 길처럼 보이지 않는 길로 가고, 잃었다가 다시 찾고, 그러다가 얼굴을 발견했을 것이다. 보리라 예상하지 못한 얼굴을.

그러니까 우리도 길을 잘못 든 게 아니다. 지금이 잘못된 게 아니다.

생경한 확신에 겁이 나기도 했다. 붕 뜬 기대를 밟듯 밟으려 해도 이건 돌이어서, 바위여서, 몇 천 년이고 그 자리에 있는 거라서 부서지지 않았다.

"완전 배신인데…… 야, 근데 왜 웃기냐."

루아는 웃어 버렸다.

"나는 그냥 한번은 보고 싶었어요."

태희가 엄마에게 말했다. 태희의 엄마는 멍하니 감실부처를 보고 있다가, 어깨를 크게 들썩였다. 그러곤 고개를 끄덕였다.

속은 거 같은데, 기분은 좋았어.

뒤통수 맞는 기분은 진짜 오랜만에 느껴 본다고. 내가 늘 뒤통수 치는 쪽이었으니까.

네 말이 맞더라. 답이 없는 게 나아.

나는 내가 답을 못 찾는다고 생각했거든. 답을 잡자마자

놓쳐 버리거나. 그런데 아예 답이 없는 거였으면 나도

그리 잘못 사는 건 아니잖아.

우리 모두가 잘못이 아니라는 생각을 해 본 건 처음이야.

누군가는 늘 문제였는데. 주로 내가.

좋았어. 시원했어. 그걸 느끼려고, 우리가 거기까지 갔던

건가 봐.

10

경주에서 올라오는 길에 나와 루아, 태희 모두 각자의 담임과 통화했다. 혼났고, 반성문을 쓰는 벌이 주어졌다.

루아는 박물관에 모여서 같이 반성문을 쓰자고 제안했지만 태희 엄마가 눈빛으로 제압했다.

집에 돌아와서 나는 엄마에게 연락했고, 아빠가 집에 온 일요일 오후에 셋이서 다 같이 만났다. 밥까지 먹는 건 서로 너무 어색할 거 같아서 아이스크림 가게를 약속장소로 정했다.

"어디서 살지 아직 결정 못 했어."

나는 엄마에게 말했다. 엄마의 질문 자체를 뒤로 밀어 놓고 싶었다.

"지금이 익숙해요. 바꾸고 싶으면 그때 얘기할게."

엄마의 얼굴을 보는 게 괴로웠다. 눈을 내리깔고, 할 말만 내뱉고 도망가고 싶었다. 그러나 참았다. 여섯 시간 동안 산길을 헤맨 기억에 기대었다.

"앞으로는…… 서로 알아야 할 거는 둘이 연락했으면 좋겠어. 중간에서 전하는 거 힘들어요."

내가 말을 끝내도 천장이 무너지고 땅이 갈라지는 일은 일어나지 않았다.

아빠와 엄마가 이야기를 나눌 수 있도록 나는 내 몫의 아이스크림을 들고 창가 자리로 옮겼다.

내가 아이스크림을 다 먹기도 전에 둘이 얘기를 끝냈고, 엄마는 내가 경주에서 사 온 수막새 열쇠고리를 들고 먼저 돌아갔다. 헤어진 지 10분도 채 지나지 않아 엄마가 문자를 보냈다. 평범했다. 잘 지내. 밥 잘 먹어. 미래를 묻거나 약속하지 않는 문자. 그게 편하면서도 쓸쓸했다.

나는 아빠와 빙 둘러 오는 길을 걸었다. 아빠는 의식 못 하는 듯 한숨을 몇 번 쉬었다. 아빠가 심란해 보일 때의 내 버릇

대로, 아무 얘기나 했다.

"아빠, 그거 알아? 신라 왕 중에 김알지라고 있는데, 그 사람이 어떻게 태어났냐면, 상자에 들어 있었대."

아. 방향이 잘못됐다. 다시 말을 정리했다.

"왕의 자식만 왕이 되는 게 아니고, 갑자기 상자에 든 아기가 나타나서 왕도 되고 그러더라고. 아무 맥락 없이."

그러니까 내가 하고 싶은 말은.

"그 고청 할아버지도 그랬거든. 원래 경주 살았던 것도 아니고 함경도 출신인데, 나중엔 마지막 신라인이라고 불릴 정도가 된 거잖아."

거기서 태어나야 하고 윗대부터 쭉 진흥왕의 후손이어야 신라 사람이다 불릴 자격이 있는 게 아니었다. 그곳에 뿌리가 있는 것도, 가족의 역사가 있는 것도 아닌데 상자 속의 아기는 왕이 되고 외지인은 역사의 일부가 되었다.

나 역시 그럴 수 있을까. 세상의 벽은 내가 두려워했던 것보다 높지 않을지 모른다. 또 어떤 우연이 나를 우연한 각도의 시야로, 풍경으로 데리고 갈 수도 있다.

"아빠도 그럴 수 있다고."

아빠는 웃었다. 진심은 아닌 것 같았지만 웃긴 했다. 나도 더 많은 것을 바라지는 않았다.

천변의 산책로에는 여러 사람들이 오갔다. 지나가는 사람들의 얼굴. 늙고 어리고 말하고 웃고 화내는, 모르는 얼굴. 언젠가 알게 될 수도 있는 얼굴들이었다.

박물관에 다시 간 것은 해가 바뀌고 나서였다. 방학이라 그런지 새 특별전 때문인지, 박물관은 지하철에서 올라가는 길부터 북적였다. 2층 기증관 안 휴게실마저 사람들에게 점령 당해서, 가장 구석진 목칠공예실 한옥 모형 앞까지 밀려왔다. 사랑방을 재현했다는 모형 옆에 셋이 나란히 앉았다.

복도의 시끌시끌한 소음이 전시실 안까지 번졌다. 평소보다 소란스러운 것도 괜찮았다. 박물관이 살아 있는 것 같았다.

"벽 한쪽이 아예 창호문이야. 난방 안 되지 않을까?"

루아가 한옥을 보며 의문을 제기했다.

"온돌이 있잖아. 여름엔 시원하고 겨울엔 따뜻하고."

내 말에 루아가 박수를 짝 쳤다.

“아! 나 그런 거 좋아해. 바닥은 뜨거운데 공기는 찬 거. 나 가끔 겨울에 일부러 창문 열어 놓는다, 찬바람 들어오라고.”

“에너지 낭비야.”

태희가 툭 말을 던졌다. 태희는 평소처럼 손에 영어단어장을 들고 있었지만 ◐지는 않았다.

경주에 다녀오고 나서 태희에게서 연락이 왔었다. 처음엔 문자를 하다가 나중엔 통화를 했다. 태희는 ‘그’ 엄마가 외국으로 떠난다는 것과 스무 살이 되면 다시 만나 보기로 했다는 걸 내게 말했다. 통화하는 건 진짜 어색했지만 말해 줘서 고마웠다. 태희라고 내게 연락하는 게 쉬웠을 리 없다.

때론 말을 해야 한다. 말하지 않으면 모른다.

나는 헛기침을 했다. 말하고 싶은 게 있는데 대놓고 말하려니 온몸이 간지러웠다.

“이번에 경주 가 보니까, 다른 박물관 가 봐도 재밌겠더라. 언제 딴 데도 가 볼래?”

“오! 그래, 전 세계를 다 가 보는 거야! 전 세계 박물관 다!”

아니, 그렇게까지 거창할 건 아니었는데. 그냥 민속박물관이나 역사박물관부터 가 보려 했던 건데 루아는 루아답게, 나의 소박한 계획을 지구 단위로 뻥튀기했다.

세계든 우리나라든, 아니면 이 도시의 어느 다른 박물관에서 이렇게 나란히 앉아 이야기를 나눌 수 있다면 좋을 것 같았다.

우리는 과거를 공유했으니까, 미래로 가는 것도 한결 쉬울 것이다. 과거는 발목을 끌어 잡는 늪이 될 수도, 디디고 갈 징검다리가 될 수도 있다. 우리가 함께 걸었던 남산의 길들이 그랬다.

지금 이 순간도 과거가 될 거라는 게 지금은 슬프지 않았다. 과거가 되면 변하지 않는다. 앞으로 우리가 어떻게 되든 우리가 함께한 시간은, 같이 겪은 일들은 달라지지 않는다. 그게 좋았다.

앞으로 헤매게 되어도, 뭐가 또 잘못되어도, 다시 돌아올 확실한 기준점이 될 거다. 정 헷갈리면 다시 남산의 석불을 보러 가면 된다. 그건 앞으로의 천 년 동안 또 똑같은 모습으로 거기 있을 거니까.

"근데 지태희 너, 반성문, 아니지, 여행소감문 왜 안 보여 주냐?"

루아가 태희에게 물었다. 나와 루아는 소감문을 공유했지만 태희는 받기만 하고 안 보냈다.

"그걸 너희한테 왜 보여 줘? 학교에 내는 건데."

"우린 보여 줬잖아!"

"내가 언제 보여 달랬어?"

"얘 또 이러네. 우리가 어떤 사이냐, 같이 동고동락…… 맞지? 그거를 했는데! 너 설마 쓸 거 없습니다, 그렇게 써서 제출한 거 아니지? 너 때문에 또 써야 하면, 진짜!"

"제대로 썼어."

태희가 말해도 루아는 의심을 거두지 않았다. 태희는 핸드폰을 만지작거리다가 고개를 저었다.

"어, 찍어 놓기는 했나 본데!"

루아는 눈을 빛내고, 태희는 박물관에서 떠들지 말라고 맞는 말을 했다. 나는 어차피 오늘은 시끄러우니 상관없지 않냐고 말했다가 태희의 눈총을 받았다. 서루아처럼 말하지 마, 태희의 한 마디에 루아는 기막혀 했다.

"쉿!"

태희가 손가락을 입술에 대었다. 그게 신호라도 된 것처럼 한 무리의 사람들이 한옥 앞으로 걸어왔다. 그 사람들은 신기하다는 듯 안을 들여다보고, 설명문을 읽고, 사진을 찍었다.

우리는 조용히 웅크렸다. 그들이 충분히 이 과거에 잠겨들도록, 조금도 방해가 되지 않도록. 루아가 과장되게 입을 삐끔거렸고, 태희는 외면했다. 나는 겨우 웃음을 참았다. 아, 참아도 좋았다. 이 순간은 빙 돌아가는 길 중간에서 얻어낸, 우리의 답이었다.

길은 아직 끝나지 않았고 우리는 여전히 헤매고 있다. 많이 헤맬 테니까 많은 답을 찾게 될 것이다. 동그라미나 빗금이 쳐지지 않을, 질문보다 길어질 답들을.

지금 나는, 기대하고 있다.

여행 소감문

1학년 3반 서루아

반성문 대신 여행 소감문을 쓰도록 해 주신 건 정말 잘하신 일 같습니다.

경주에 가서 몰랐던 것을 많이 알게 되었습니다.

보도블록이 기와인 게 멋있었습니다. 지금까지 발견된 금관은 다섯 개밖에 없다고 합니다. 월지와 안압지가 똑같은 곳이었습니다. 금령총은 어린아이의 무덤이었습니다. 영상을 봤는데 되게 슬펐습니다.

또한 저는 이번에 경주에 가서 많은 것을 느꼈습니다.

첫째, 산에 갈 때는 등산화를 신어야 한다.

둘째, 돌아올 버스표는 미리 사 둬야 한다.

셋째, 뭘 보러 가기 전에는 사전 준비를 확실히 해야 한다. 안 그랬다가는 계획과 달리 엉뚱한 걸 찾게 될 수도 있다.

그렇지만 그렇게 찾은 게 더 좋을 수도 있긴 하겠습니다.

여행 소감문

1학년 1반 이해솔

이번 여행은 '마지막 신라인'이라 불렸던 고청 윤경렬 선생의 발자취를 따르는 것으로, 특히 경주 남산의 불상을 직접 보는 것에 초점을 맞춰 계획되었다.

경주 남산은 수많은 유적들을 품고 있어 그 자체가 박물관이라 불린다. 지금까지 발견된 절터가 100여 곳, 바위에 새겨진 마애불과 입체 불상은 80여 개가 있으며 탑도 60여 기가 있다.

우리는 그중 삼릉계곡 마애석가여래좌상, 용장사터 마애여래좌상, 용장사곡 삼층석탑 등을 직접 보았다. 국립경주박물관에서는 국보인 금관들과 금령총 기마인물형 토기와 배모양 토기 등을 보았고…… (하략).

여행 소감문

1학년 4반 지태희

나는 얼굴을 보고 싶었다.

내가 보는 것이라고만 생각했기에, 상대가 내 얼굴을 보게 되리라는 것까지는 미처 예상 못 했다.

경주 남산에서 석불을 관찰하면서, 내가 석불을 보지만 석불도 나를 보고 있다는 것을 알았다.

얼굴을 본다는 건 결국 마주 보는 것이었다.

나는 사실 내 얼굴을 보여 주고 싶었나 보다.

이 마음을 받아들이기까지 오래 걸렸다.

지금이라도 알게 되어 다행이다.

다음에는 다른 얼굴들을 보러 다른 장소로 가 보고 싶다. 꼭 유적이 많은 곳이 아니어도 괜찮다. 혼자 가도 괜찮지만 누군가와 같이 가는 것도 좋겠다. 동행이 있으니 길을 잃어도 무섭지 않았다. 고마웠다는 말을, 여기에라도 써 본다.

'경주 할아버지'에 대해 알게 된 것은 일곱 살 때다. 경주로 가서 할아버지와 친척들을 만났고, 아름다운 한옥에서 하룻밤 머물렀다. 할아버지의 대금 연주를 듣던 겨울밤의 기억이 꿈처럼 신비롭게 남아 있다.

어린 내게는 고청 윤경렬 할아버지 그 자체가 신비로웠다. 선물로 받아 온 민속 탈 미니어처로 방을 꾸미고 『신라 이야기』 책도 열심히 읽었다. 이런 걸 만들고 쓴 고청 할아버지는 이야기 속 인물처럼 멀고도 궁금한 대상이었다.

나는 뭔가 궁금해지면 그 궁금한 대상을 파헤치기보다는 '나는 왜 궁금해하는가'를 생각한다. 이번에도 그렇게 글을 쓰기 시작했다.

처음엔 고청이 주인공이었다. 1930년대를 배경으로 일본에 건너가 인형 제작을 배워 온, 그러나 배운 걸 다 버려야 했턴 한 젊은이와 그가 발견한 '얼굴'에 대해서 쓰려고 했다. 그러나 어쩐 일인지 씨앗을 심어도 싹이 잘 안 텄다.

결국 한 걸음 물러서서 나처럼 고청과 남산을 궁금해하는 세 명의 십 대를 주인공으로 삼았다. 거리를 두니 공간이 생겼고 그 자리에서 이야기가 피어났다.

거기에 자연스레 박물관이 끼어들었다. 마음이 어지럽거나 허전할 때 혼자 박물관에 가는 건 버릇이다. 말없는 유물들 사이에 있으면 안심이 되었다. 구석진 자리에 앉아 현재가 서서히 과거에 섞여 들어가는 것을 보곤 했다.

이번 책에서 국립중앙박물관을 주요 배경으로 삼을 수 있어서 좋았다. 국립경주박물관과 남산 이야기도 즐겁게 썼다. 다만 국립중앙박물관이 조금씩 새 단장을 하는 중이라 해솔이가 좋아한 (그리고 내가 좋아했던) 기증실의 휴게공간은 아쉽게도 사라질 듯하다. 바뀌기 전의 한순간을 이야기 속에 남겼다는 것으로 위안 삼으려 한다.

이야기를 쓰면서 '답'에 대해 자주 생각했다. 답할 수 없고 답하기 싫은 질문에 시달리던 해솔이는 '답을 찾은 사람'의

이야기에 끌렸을 것이다. 역사는, 완결된 삶들은 답을 찾아낸 기록처럼 보이니까.

하지만 사실은 답을 찾은 게 아니라 답을 '만들어 간' 것에 가까우리라 생각한다. 잘못 든 길 끝에서 목적지를 찾아내듯, 답은 바뀐다. 새로워진다.

남산의 얼굴들도 그랬다. 잊혔을 때는 비밀이었고 발견되어 의미가 부여되었을 때는 답이 되었다. 돌에 새겨 변하지 않는 얼굴조차 새로운 얼굴들이 마주 볼 때마다 새로워진다는 것이 좋다. '변함없다'는 말은 새로워질 가능성이 무한하다는 뜻이기도 할 것이다.

책도 마찬가지이다. 이야기는 책이 되는 순간 지울 수 없는 문장들로 고정되지만, 당신이 읽었기 때문에 이 책은 새로워졌다.

당신의 얼굴도 조금은 달라졌을 것이다.

2023년 가을, 김혜진